女神なんてお断りですっ。7

紫南

Shinan

RB

レジーナ文庫

登場人物紹介
フラム
ティアと誓約しているドラゴンの子ども。甘えん坊で人見知りな性格。
ルクス
ティアの専属護衛。過保護で苦労性な性格。『未来の夫候補』としてティアに釣り合う男になるべく修業に励んでいる。
ティア
10歳の伯爵令嬢。前世の行いにより『女神の力』を得て同じ世界に転生した。王都の学園に通いながら冒険者としても活動している。
マティ
伝説の魔獣ディストレアの子ども。普段はただの子犬のふりをしている。

スィール
【神笛】の使い手。謎の組織『神の王国』に属し、ティア達と敵対している。
妖精王
妖精の王にしてダンジョンの主。ティアの前世の母マティアスとは浅からぬ仲だったらしい。
シル
影の護衛。クィーグ（牙）と呼ばれる部隊の三番手で、先祖の遺志を継いでティアに仕えている。
カルツォーネ
魔族の王。女性ながら王子様のようにカッコよく、老若男女にモテモテ。
シェリス
ハイエルフのギルドマスター。自称『ティアの婚約者』で、彼女を溺愛している。
サクヤ
獣人族のおネエさん（♂）。普段は男性として学園で教師をしている。

目次

女神なんてお断りですっ。7

第一章　女神が微笑む新たな始まりを

その森は草木が鬱蒼《うっそう》と生い茂り、昼間でも暗く、おおよそ人が近付こうと思える雰囲気ではなかった。しかし、この森をよく知る者は目ざとく見つけた獣道《けものみち》を通り、その奥へと躊躇《ちゅうちょ》なく進む。

森に入って五分もひた走れば、陽の光が木々の隙間《すきま》から美しく差し込む幻想的な場所へ辿《たど》り着く。六百年を超える長い歴史を持つ隠れ里。古代語で『牙』の名を冠する一族……クィーグの里だ。

森に同化するように設計された大きな門。その前に立った青年は、静かに開門を待つ。きっちり二《ふた》呼吸の後、門がゆっくりと開いた。そこに素早く滑《すべ》り込むと、彼は目的とする建物へまっすぐに駆け出す。

しかし、唐突に方々《ほうぼう》から矢やナイフが飛んできた。全て危なげなく避《よ》ければ、次いで黒い風となった人々が様々な武器を手に向かってくる。それらも上手く躱《かわ》すと、こんな声が聞こえてきた。

「シル、強くなったなぁ」

「なんのっ、まだまだこれからだ！」

「いやぁん。また避《よ》けられたぁ。許せなぁいっ」

「反撃ぐらいしなさいよ！」

どれも楽しそうな声だ。だが、それらはまともに受ければ大怪我どころでは済まされないほどの攻撃を仕掛けた後に発せられている。そして、中にはこんな必死な声も交じっていた。

「一撃食らわせたら嫁にするって約束、守ってよっ」

「ちょっと、抜け駆けは許さないんだから！」

「お前を倒さなきゃ、俺はあの人に求婚できんのだぞ！」

「頼む、一度死んでくれっ」

最後の方はとばっちりだと、青年……この里で三番目の実力を持つシルは、理不尽さに片眉を上げた。

この里では力こそが全て。立場も結婚相手も力で決まる。そんな里の中心にある里長《さとおさ》のための大きな建物に入れば、シルの周囲にいた人々は残念そうに帰っていった。

毎度のことながら辟易《へきえき》する。帰ってくる度に里の者全員が容赦なく向かってくるのだ。

それは、シル達クィーグ部隊の者が受ける洗礼だった。実力順に一から十までのナンバーを持つ、十人から成る精鋭部隊の者は、常に里の者達よりも強者でなくてはならない。

里長《さとおさ》の執務室に向かいつつ、シルは一族の歴史について思い出す。全ては、かつて一族を救った英雄に恩を返すため。ここを里として定めたのも、その人の提案だったという。

赤い髪と瞳を持つハイヒューマン。後《のち》にバトラール王国の王妃となった最強の冒険者、マティアス・ディストレア。クィーグ一族はマティアスが亡くなった後も、彼女の愛した場所を守りたいと願い、この地で牙を研ぎ続けている。彼女が成したことは一族にとって、それほど大きなものだったのだ。

シルは建物の中から里を見渡し、半年前に出会った少女の姿を思い描いた。

濃い茶色の髪と瞳。最近その中に赤が混じったように見えるのは、彼《か》の少女の前世の姿を幻視しているからかもしれない。伯爵令嬢ティアラール・ヒュースリーとして転生した彼女は、マティアスの娘でバトラール王国の第四王女であったサティアの生まれ変わりだ。

サティアは、混迷していたバトラール王国を滅ぼし、王家に苦しめられていた民達を救ったとされ、後世の人々に『断罪の女神』とも呼ばれている。

「女神……」

クィーグ一族が守護するフェルマー学園。そこに入学してきた当初から、ティアは気になる存在だった。半年前、ひょんなことからティアに助力を求められ、彼女がサティアの生まれ変わりであると知ったシルは、先祖代々の悲願を叶えた。それ即《すなわ》ち、転生してきたサティアに仕えること。そして今、彼女の傍《そば》にあることが幸福だと感じている。

こうして傍《そば》にいられない時は、どうしても心が逸《はや》る。一刻も早くティアの傍《そば》に戻りたい。自分の代わりに用を申しつけられる者がいるかもしれないと思うと、居ても立ってもいられないのだ。ただでさえ、ティアの周りには優秀な者が多い。裏社会での暗躍《あんやく》もできる騎士から、王宮の警備を鼻で笑うメイドまで様々だった。

「ティア様……」

異常なほどの執着具合に自分でも呆れてしまう。そう思っている頭で、この後ティアのもとへ戻るには、どういうルートを使うのが最も効率的かを考える。

そうしているうちに、いつの間にか里長《さとおさ》の執務室の前まで来ていた。張り巡らされた数々の罠に引っかかることなく来られたことに安堵《あんど》しながら、入室を願い出る。

「シルです」

「……入れ」

扉を開けた途端、特大の水の玉が飛んでくる。それを咄嗟《とっさ》に分厚《ぶあつ》い水の膜で包み込んで避《よ》けた。すると、それはボールのように弾んで廊下の壁に当たり、跳ね返って部屋の主の手元に収まる。それを見届けたシルは表情を変えることなく部屋に入り、扉を閉めた。

「ふんっ、面白い対処の仕方だな」

「恐れ入ります」

部屋の主は手にしていた水の玉を蒸発させながら、口角を上げてシルをまっすぐに見る。

「今のは姫の案か？」

「はい。ティア様は跳ね返した水の玉を爆発させて反撃なさっていましたが」

「なるほど。実に彼《か》の姫らしい発想だ」

そう言いながらも、彼がティアをサティアの生まれ変わりだと信じていないのは明白だ。

「それでなんの用だ？　ただ父の顔を見に来たわけではあるまい？」

「もちろんです」

部屋の主は先代のクィーグ部隊の頭領。シルの父親でもある。かつて一番を意味するフィズという名で呼ばれていた彼は、その名と頭領の座をシルの姉に継がせた。

「ほぉ、相変わらず可愛げのない奴だ。では、わざわざ里にやってきた用向きを答えろ」

毎年、数回の帰省は義務づけられているが、誰が好き好《この》んで、それ以外に帰省したいと思うだろうか。一族全員が挑んでくる歓迎イベントは、はっきり言って面倒くさい。やる側は楽しいが、やられる側は堪《たま》ったものではない。それでも帰省してきたのは、当然ティアのためである。

「隣国ウィストとサガンの内情を調べていただきたい」

「何？」

先日、ドーバン侯爵領の領都を強襲した『神の王国』という組織。今は鳴りを潜《ひそ》めているが、水面下で動いているのは感じられた。それがウィストとサガンの異変だ。ティアは本格的に彼らの情報を得ようと、クィーグの力を頼ることにしたらしい。

「我々は姫の私兵ではないぞ。それを分かって言っているのか？」

「はい。ですが、サティア様の生まれ変わりであるティア様のご意思。里の者全員で対応するのは当然です」

「はっ、お前はまだそんな戯《ざ》れ言《ごと》を信じているのか。お前がシルとしてあの方《かた》の幻影を求めるのは、まぁ仕方がない。だがな……クィーグが背負うものは幻想のように甘くはない」

殺気が部屋を満たす。けれどシルは引く気などなかった。誰がなんと言おうと、ティアがサティアであることに変わりはない。その確信が、父の殺気を打ち消していた。

それが面白いと父は感じたらしい。ふっと気配を和《やわ》らげ、今度はクックッと笑い出した。

「くくっ、ははは、いいだろう。ただし、お前の幻想が事実だと示してみせろ。そうだな……彼女が本当に姫の生まれ変わりだというのなら、王宮の地下に秘されているものを白日《はくじつ》のもとに晒《さら》すことができるだろう。精々《せいぜい》やらせてみるがいい」

「……承知した」

シルは奥歯を噛みしめる。たとえ父親であっても、ティアを試そうとするなど許せることではない。だが、ティアならばこれを了承するだろう。クィーグの協力を仰ぐための近道であるとすれば受け入れるに決まっている。

必ず一族をティアの前に平伏させてみせる。その強い意志を瞳に宿し、シルは里を後にした。

後《のち》にこの森で、再び国に混乱をもたらそうとする動きが見え始めることには、まだ誰も気付いていなかった。

◆　◆　◆

かつてバトラール王国のあった場所に栄えるフリーデル王国。その王都から少し離れた学園街と呼ばれる街に、フェルマー学園はある。

学園は小・中・高の三つの学部から成り立ち、それぞれの成績優秀者が代表会を運営している。その一員であるティアと級友のキルシュ・ドーバンは、入学式の準備のために一週間前から休み返上で学園に詰めていた。

もうすぐ小学部二年になるティアとキルシュは、この一年で代表会での活動にも慣れてきた。とはいえ現在は、いい加減にしてくれと暴れたくなるほど忙しい。次々と任される多くの雑務のせいで、朝から学園内を走り回っている。

「寮の移動がやっと完了……って、期限ギリギリじゃんっ」

寮に住む生徒達の引っ越しが完了したかと思えば、入学式まであと二日しかない。つい先ほど上がってきた報告書を見て、うんざりという表情でツッコむティア。そんな彼女に、隣を歩きながら書類をチェックするキルシュが顔を上げずに指摘する。

「ティア、素《す》が出てるぞ」

「別に、近くに誰もいないんだから良いじゃん。あ～あ、やっぱ品行方正な令嬢って損だわぁ」

「品っ……」

キルシュは思わずティアを見た。ティアは学園ではまさに品行方正、才色兼備な伯爵令嬢として振る舞っており、聖女とまで言われて羨望《せんぼう》を集めている。

しかし、その実態は気に入らない者はたとえ貴族であろうと叩き潰し、盗賊を玩具《おもちゃ》か暇潰しの道具としか見ていない史上最年少のAランク冒険者。逆らう者は容赦しない、聖女どころか悪魔と形容されてもおかしくないような本性を隠している。

「何？」

「……いや」

侯爵である父をお仕置きされた過去があるキルシュは、ここは本心を言葉にすべきではないと学習済みだった。

そんなキルシュを不審に思いながらも、ティアはつい先日耳にした情報を口にする。

「そういえば聞いた？　高学部に編入生が二人も入るんだって。それも三年に」

「三年に？　たった一年だけ在籍するのか？」

「みたい。それも結構な身分らしくて、サク姐《ねえ》さんやウルさんが唸《うな》ってた」

「先生達が？　それは面倒事がありそうだな」

たった一年のために編入するというだけでも特殊なのに、更に身分の問題があっては教師達も気が気でないだろう。いくら学園では身分など関係ないとはいえ、生徒自身にその意識を持たせるのには数年を要する。その意識がようやく浸透し、落ち着いた高学部。その最高学年に突然入ってくるというのだ。生徒同士の衝突が容易に予想できた。

「入ってくる人の人柄にもよるけどね～。まぁ、高学部だし、私達には関係ないでしょ」

「そうだな」

こんな調子で世間話をしながら、小学部の寮へ向かっていたティアとキルシュは、途中でサクヤに出くわした。

茶金色の長い髪と、整った小さな顔。すらりとした細身の男性教師だ。学園ではカグヤと名乗り、魔術学を担当している。

しかし、その正体は九尾《きゅうび》の狐の獣人族。教師として生活する時以外は女性に化けている。かつて、ティアの前世の母マティアスと共に『豪嵐《ごうらん》』というパーティを組んでいたサクヤは、本来の姿よりおネエさんである方が自然体でいられるらしい。ティアは前世からサク姐《ねえ》さんと呼んで慕《した》っていた。

「やっと見つけたっ」

そのサクヤがティアを見つけて捕獲した。それを確認したキルシュは、ティアの手にしていた書類を素早く引き取る。

「雑務《こちら》は任せろ」

「へ？」

キルシュに見送られ、首を傾《かし》げるティアを、サクヤは有無を言わさず学園長室へ連行した。

連行された部屋には苦笑を浮かべる学園長と、ほっとした表情のウルスヴァン・カナートがいた。

ウルスヴァン――ティアがウルさんと呼ぶ彼は、サクヤと同じく魔術学の教師をしている。元は王宮の魔術師長だったが、年齢と心労を理由に退職し、教師として新たな人生を歩んでいた。

学園長のダンフェール・マランドは、ティアをまっすぐに見つめ、弱った様子でこう切り出す。

「すまないね。君にだけは伝えてほしいと国王からのお願いでね」

「王様から？」

面倒事の臭《にお》いがすると、ティアは少々表情を強張《こわば》らせた。すると学園長が改まった口調で言う。

「今度編入してくることになった、二人の女生徒のうちの一人なのですが……それとなく気を配ってもらえないかとのことです」

「はあ……」

わざわざ王がそう頼んでくるとは意外だ。身分が高いというのは噂《うわさ》で聞いているが、一体どこの誰だろうと興味を惹《ひ》かれた。

「ヒュリア・ウィスト。彼女はとても優秀でしてね。彼《か》のコウザレーヌの国立学園でも、首席だったと聞いています。編入試験の代わりに、あちらで試験を受けていただきましたが、その成績にも問題はありませんでした」

フェルマー学園の編入試験は難しいと有名だ。それに合格できる実力があるということは、ティアの兄ベリアローズがそうであったように、この学園で首位をキープできるだろう。

「ただ、国外からの編入生ということで、生徒達がどのような反応をするのか国王も不安なのでしょう」

「それで、私にフォローを？」

「ええ……君の学園での影響力はかなりのものですから……」

つまりティアがフォローしてくれるのならば、他の生徒達からも自然に受け入れられるだろうと踏んだのだ。

「それとなくは気にしますが、私も人ですから、好き嫌いはありますよ？」

「もちろんです。無理強《じ》いはしません」

あまり多くを求められても困る。何より、小学部のティアとは学部が違うので、自然には接点を持てないだろう。そこまで考えて不意に引っかかった。

「……うん？　ヒュリア・ウィスト？　もしかして王女？」

間違いないだろう。ウィストとは隣国の名前だ。そう思って学園長を見ると、瞬間的に目をそらされた。

「学園長……？」

何を誤魔化《ごまか》そうとしているのかと少々睨《にら》んでやれば、すぐに降参したようだ。

「あはは。そうなんですよ。ウィストの王女はこの国の王太子と婚約したでしょう。いずれ王妃となるならば、この国のことを知りたいと仰《おっしゃ》って、急遽《きゅうきょ》編入を希望されたそうです」

「そういうことか……そりゃ王様が頼むはずだわ」

この国の王がティアを頼るのは不思議なことではない。ティアにはAランク冒険者としての実力があり、また、精霊王達を顎《あご》で使うのを彼も知っている。類《たぐ》い稀《まれ》なる魔術の才能を有していることもだ。これほど頼りになる者はいないだろう。

そんなティアに、ただの留学生のフォローを頼むのはおかしい。だが、相手が他国の王女であり、先頃決まった王太子の婚約者となれば、ティアを名指しするのも納得できた。

「分かりました。ところで、王女であることは伏せるのですか？」

「いいえ。わざわざ口にはしませんが、名前はそのまま使われますし、いずれ周知されるでしょう。下手に隠すよりは良いかと。ご本人もそれを了承しています」

「そうですか。その方が私も対処しやすいです」

ティアが学部も学年も違うヒュリアに会いに行ったとしても、相手が王女ならば不思議ではないと生徒達は思うだろう。学園長の覚えも目出度《めでた》いティアが、個人的にフォローをお願いされたのだと理解してくれるはずだ。

そう納得していれば、学園長はついでとばかりに、とんでもないことを言い出した。

「それとですね、ティアさん。突然で申し訳ないのですが、入学式での生徒代表として新入生への挨拶《あいさつ》をお願いします」

「はい？」

入学式は明後日《あさって》。そこで挨拶《あいさつ》をするのは、高学部の最高学年に進級する代表会の生徒の一人と決まっていたはずである。

「実は決まっていた生徒が辞退しまして、次点の生徒も体調が悪いと……もうそれならばあなたが良いのではないかと学園内外から意見をいただき、決定しました」

「いやいや、決定しましたって……どういうこと？」

説明を求めても学園長は苦笑を浮かべるだけ。ウルスヴァンに至っては絶対に目を合わせないと決めたらしい。そうなると必然的にサクヤに目がいく。

サクヤは学園長とウルスヴァンの様子を確認してから、自分が言うしかないと諦《あきら》め、口を開いた。

「どうも圧力をかけられたらしいんだ」

今は男性教師として勤務しているので、口調も男らしいものになっている。

「圧力って、挨拶《あいさつ》するはずだった生徒に？　そんなことするバカがまだ学園にいたの？　あらかた矯正《きょうせい》し終わったと思ったんだけどなぁ」

良家の子ども達が通うフェルマー学園には、貴族である親達の影響か、驕《おご》り高ぶった生徒や、異種族を差別する生徒が多かった。

この一年、ティアは何かにつけて生徒達の意識改革を行《おこな》ったのだ。それでも駄目な場合は闇討ちまがいのことまでしている。表立って動く時は、先日卒業していった第二王子エルヴァストと共に行動したので、生徒達は実に素直なものだった。

何より、真の聖女として神教会の覚えも目出度《めでた》いティアが『貴族とは』『異種族とは』と説《と》いて回ったため、反発はほとんどなかったのだ。この成果にはティア自身、拍子抜けも良いところだった。

「ティアの影響力は学園長のダンが自信を喪失《そうしつ》するほどだからね。今ならティアが生徒達に一言、愚かな親を倒して家督《かとく》を奪ってこいって言えば、二日もしないうちに実行されるだろう。人望っていうより狂信かな」

「そんなに？　ならそろそろイメージ崩壊のカウントダウンを……」

品行方正な令嬢という凝《こ》り固まってしまったイメージのせいで、最近は動きにくいことこの上ない。ティア自身の心の平穏のためにも、このイメージを近々払拭《ふっしょく》したいと考えていた。しかし、それを学園長のダンフェールが止める。

「やめてください。自死しますよ。私と生徒達が」

最近、ティアの周りでは自殺志願者が多い気がする。冗談か本気かいまいち分からない。

「え？　学園長に死なれるのは……困る？」

「困るに決まってるだろ！　バカ言ってんじゃない！」

疑問形で言ったティアにサクヤが怒鳴る。当の学園長はいじけていた。だが、今はそれより大事なことがあったとティアは思い出す。

「それで？　誰が圧力かけたの？」

「その切り替えの早さも相変わらずだな。まぁいいや。代表の生徒に圧力かけたバカはね、今度編入してくるローズ・リザラントだよ」

サクヤは不機嫌を顕《あら》わに『バカ』と口にした。いつものサクヤならば、どれほどバカな言動をしようとも生徒をバカ呼ばわりはしなかったはずだ。ティアはリザラントの名を頭の中で検索する。

「リザラントって確か、公爵家だよね？　子どもがいるって噂《うわさ》は聞いてないけど？」

現在のフリーデル王国に公爵家は二つ。そのうちの一つは当主が若く、まだ子どもがいなかったはずだ。そして、二つ目のリザラント家は随分前に子どもを亡くしていた。王家の血筋から養子をもらうことは許されているが、そんな話も聞いていない。

そこで、ウルスヴァンが静かに口を開いた。

「半年前、リザラント公爵の庶子《しょし》が見つかったとか。公爵夫妻はこれを受け入れたそうです」

「それがローズ・リザラント？」

「はい。この半年は貴族としての礼儀作法などを、公爵家で教育されていたようで」

半年間みっちり教養を身につけさせても、同じ貴族の子ども達との交流は必要だ。よって一年だけでも、と駆け込みで編入を願い出たのだという。しかも驚くべきことに、生徒代表として挨拶《あいさつ》したいと言っているそうだ。

「でも、その令嬢がなんで編入早々、代表の挨拶《あいさつ》をしたがるの？」

仮にも生徒の代表としての挨拶《あいさつ》だ。編入してきていきなりというのが腑《ふ》に落ちない。

これに、サクヤが更に機嫌を悪くした様子で吐き捨てるように答えた。

「なんでも『自分は聖女であり、女神サティアの生まれ変わり』なんだとか。『だからサティアと縁の深いこのフェルマー学園で挨拶《あいさつ》するのは私』的な発言を、よりにもよって私の前でっ、それも編入試験も免除させたズルの分際でよっ……ダン！　なんであんなバカを編入させたのよっ！」

サクヤは怒りが再燃《さいねん》したのか、学園長へと詰め寄っていく。完全にカグヤとしての口調からサクヤの口調に変わっているのは、冷静さをなくしてしまっている証拠だ。

一方、ティアは口を半開きにして固まっていた。

「……はぁ？」

確かにバカだ。バカ以外の何者でもない。誰がサティアの生まれ変わりだと言ったのだろうか。

学園長はサクヤを宥《なだ》めようと必死になっているので、代わりにウルスヴァンが続けた。

「そのような事情でして、それならば誰からも文句の出ないティアさんにと」

「とんだとばっちりだわ……」

とはいえ、これは仕方がない。ティア自身も納得の指名だ。

こうして入学式の生徒代表挨拶《あいさつ》はティアに決定したのである。

◆　◆　◆

良く晴れたその日、フリーデル王国の学園街は、常よりも華やかな活気に満ち溢《あふ》れていた。今日は各学校で入学式が行《おこな》われるのだ。

フェルマー学園も今年度の新入生を迎え、現在、その入学式が行《おこな》われている。

だが、壇上から生徒達に語りかけるのは教師ではない。

その姿を見て、公爵令嬢ローズ・リザラントは愕然《がくぜん》としていた。

「美しく澄み渡ったこの空のように、新入生の皆さんの晴れやかな表情が、これから始まる学生生活への希望を雄弁《ゆうべん》に物語っています。この学園で得られるのは知識だけではありません。生涯の友人に、尊敬する師や先輩との出会い。それらが皆さんを待っていることでしょう。このフェルマー学園は歴史ある学園です。その学園の生徒であるという誇《ほこ》りを忘れず、またこれからの世界を支える者としての責任と信念を持って、多くのことを学んでください」

壇上で全ての生徒や来賓《らいひん》、父兄達の視線を一身に集めるのは、まだ幼さの残る一人の少女だった。

「学園で学んだことは、これからの人生を輝かせる糧《かて》となるでしょう。多くの学友との交流も、視野を広げるためには不可欠なもの。一つの考えに固執《こしつ》せず、家々の垣根を越えて考えること。それは人として、この国を背負っていく者として必要な経験なのです。時にぶつかり、和解することも大事な経験であると私は思います。この国の未来のため、世界のために、私達と共に成長していきましょう。生徒代表ティアラール・ヒュースリー」

穏やかな微笑みを浮かべたまま美しく礼をする彼女に、会場は割れんばかりの拍手で包まれた。中には感動のあまり号泣《ごうきゅう》している者までいる。そんな一連の栄誉は、本来ならばローズが受けるはずだった。

尊《とうと》い公爵家の血を引き、女神サティアの生まれ変わりである自分が立つべきだった場所。そこから優雅な足取りで下りてくる少女を、ローズはギリギリと奥歯を噛みしめて睨《にら》みつけることしかできなかった。

苦々しい思いを抱きながら式を終えたローズは、密かに学園街にある宿屋に足を運んでいた。

ローズは公爵の庶子《しょし》で、つい半年前までは隣国ウィストの貧しい母子家庭で暮らしていた。しかし半年前、病弱だった母が死してすぐ、神子《みこ》と呼ばれる少女からの使いが現れた。

彼らは、ローズを実の父であるリザラント公爵と引き合わせた。更にローズは『女神サティアの生まれ変わり』であると、神子《みこ》から託宣《たくせん》を受けたのだ。

目まぐるしく運命が変わったその日の夜、ローズは夢を見た。それは、ローズがサティアとして生きていた過去の情景。反乱軍を率《ひき》いて城に乗り込んだ時の夢だった。

「本当に、私がサティアなんだ……」

ローズは確信した。間違いなく自分がサティアの生まれ変わりであると。そんなローズに神子《みこ》がこう言ったのだ。

「サティア様。あなたは自《みず》ら望んで再び地上に降りてこられたのです。かつて、彼の国《か》があった場所。そこの王家に戻り、世界を平和に導く。それがあなたの運命なのです」

「そう……そうだわ。私はあの場所に戻らなくては……」

　その頃、まさに運命であるかのように、王太子が婚約者を探していた。その上、自分は公爵家の令嬢になったのだ。もはや疑いようもなく、天はその道を示していた。それなのに、それを邪魔する者がいたのだ。

「ウィストの王女が王太子の婚約者ですって？　ははっ、愚かなことだわ。でも私はサティアだもの。あの時も天は試練を課した。これを乗り越えてこその私よね」

　それを裏付けるかのように、公爵はローズを自領に引き取った後、王妃となっても恥ずかしくない知識や振る舞い方を身につけさせた。国で随一の学園への入学手続きも取った今、運命はローズを王太子妃にしようとしているとしか思えない。

「あと、足りないのはそうねぇ……優秀な騎士かしら？」

　常にサティアに付き従っていた最強の女騎士、アリア・マクレート。そんな存在が手元にいないのは不満だった。だが、それも近いうちに解消すると神子《みこ》は言った。

「サティアである私に天は味方するはず。それなのにっ……」

　学園の代表としてローズは挨拶《あいさつ》をするつもりだった。そうすることで、学園の全ての人々に自分の存在を認識させる。誰も無視できない女神の生まれ変わりとして、畏敬《いけい》の念を抱かせるはずだった。

しかし、学園から許可は下りず、ふたを開けてみればまだ幼い小学部の少女が代表として挨拶《あいさつ》をしたのである。

あの場所と、羨望《せんぼう》の視線は、全てローズのものだったはずだ。

「なんて無礼なっ……屈辱《くつじょく》だわ！」

その光景を思い出すと、キリキリと奥歯が鳴る。そこへ待っていた人物がやってきた。

「お待たせして申し訳ありません、姫」

「スィール。良いのですよ。あなたと私の仲ではありませんか」

「っ、過分なお言葉、痛み入ります」

まだ十代の幼さを残す黒髪の青年。彼はかつて反乱軍を率《ひき》いた青年スィールの生まれ変わりだ。今は剣ではなく、神の魔導具である『神具《しんぐ》』を手にしている。だが、今生でもサティアの願う未来のために動いてくれていた。

「それで、計画はどうなっていますか？」

神子《みこ》が主体となって活動している『神の王国』という組織。それは、サティアを助ける者達によって作られたものだ。真の平和を実現させるため、この世界を神が願う姿へと変えるための実行部隊。きっと彼らは、かつて密かに王国を守っていた、クィーグ部隊の末裔《まつえい》なのだろう。ローズはそう考えていた。

「順調です。新たに『神具《しんぐ》』の使い手も見つかったとジェルバ様が仰《おっしゃ》っていました。そちらの調整が終わり次第、この国に神の威光を知らしめることができるでしょう」

「ええ、そうね。託宣《たくせん》の方は？」

神子《みこ》を通じて神教会へと下ろされる神託《しんたく》。それを根拠として、ローズを王太子妃にすべきだと王家に伝える手はずになっている。

「そちらは少し時間がかかるかもしれません。どうしてか、ここフリーデル王国の神教会は託宣《たくせん》を受け入れないのです」

「……どういうことです？」

スィールの話によれば、フリーデル王国の神教会は『そのような託宣《たくせん》が下るはずがない』と突っぱねているらしい。女神サティアの生まれ変わりであるローズも賛同していると告げても、結果は同じだという。むしろ『それならば尚《なお》のこと信じることはできない』と追い返されたそうだ。

「この国にはエルフがおりますし、異種族の悪《あ》しき考えが蔓延《まんえん》しているのでしょう。ですが、心配はいりません。きっと神のご意思が知れ渡れば、それらも払うことができましょう。そのためにも必ずや今回の計画を成功させてみせます。私は今も昔も変わらず、サティア様に従う者なのですから」

「スィール……そうね。あなたがいれば、きっと成すことができるわ。何より、こちらには天使だってついているんですもの」

ローズ達は知らない。己《おのれ》の境遇に酔いしれ、思い込みで突き進む先に何が待ち受けているのかを。それが本物のサティアと仲間達の怒りに触れることになるとは、考えもしなかったのだ。

◆　◆　◆

入学式が終わり、代表会のメンバーであるティアやキルシュもようやく解放された。

その日の午後、二人はヒュースリー伯爵家の別邸で待っていた級友のアデル・マランドと合流し、学園街の地下へと潜《もぐ》る。

フェルマー学園を創設したフェルマー・マランドと共に、歴史を記録する役割を担《にな》ってきた妖精族のシルキー。彼女に会いに、ティア達はたびたびここへやってきていた。

「あぁっ、疲れたぁぁ」

「お疲れ様、ティア、キルシュ」

アデルがシルキーと一緒にお茶の用意をして労《ねぎら》ってくれる。フェルマーの子孫であるアデルが手伝ってくれるとあって、シルキーもいつも以上にご機嫌だ。ちなみに今日のお茶請《ちゃう》けはストレス発散を兼ねて、昨晩ティアが作った焼き菓子だった。

「ありがとう、アデル」

「すまない」

一息つけたことで肩の力が抜ける。そんなティアを見て、アデルがおかしそうに笑った。

「なんか、ティアって本当にイメージ変わるよね。今日の挨拶《あいさつ》の時なんて、周りのみんなが放心状態だったよ？」

「まったくだな。新入生の父兄など、全員教会の参拝者かと思ったぞ」

その言葉にティアも笑ってしまう。

「あはは。それは私も思った。すっごい祈ってたよねぇ。顔が引きつりそうになったもん」

壇上からだと、とてもよく見えるのだ。それまで眠そうにしていた者達まで目を見開いて、思わずといったように両手の指を組んでいた。そんな生徒や教師、そして父兄達の様子は、ある意味滑稽《こっけい》だった。

そろそろ免疫ができてきたはずの生徒や教師達でさえそうなのだ。慣れていない父兄はもう仕方がないと割り切った。しかし、そんな中で目を引いた生徒が二人いた。

「そういえば、例の編入生ってのはどういう人達だったんだ？」

タイミングの良いキルシュの質問に、ティアは首を傾《かし》げた。

「あれ？　興味ないんじゃなかったの？　関係ないって言ってたじゃん」

高学部の三年ならば自分達には関係ないと話したのは一昨日《おととい》のことだ。不思議そうなティアに、キルシュは思いっきり顔を顰《しか》めてみせる。

「バカな編入生のせいで挨拶《あいさつ》をすることになったと、さんざん愚痴《ぐち》ったのはどこの誰だ？」

「は〜い、私で〜す。そっか、気になっちゃった？」

「当たり前だ」

不貞腐《ふてくさ》れたようなキルシュの表情を見て、心配してくれたのだと分かり、少し嬉しくなったのは秘密だ。

「なになに？　編入生？」

アデルも興味津々《しんしん》の様子である。

「そ。高学部の三年生に二人。両方とも女性だよ。一人はローズ・リザラント。リザラント公爵家の令嬢なんだけど、これが高飛車で嫌味な女らしくてね。自分が代表の挨拶《あいさつ》をするって駄々《だだ》こねたんだって。おかげで私がやることになったのよ」

公爵家の血を引く者であるということをひけらかし、何かにつけて自身が上位であると示したがる傾向があるようだ。

「問題発言も多くて、初日から教師陣が頭を抱えてたわ」

公爵令嬢である自分は優遇されるべきだとか、この学園には自分より身分の高い者はいないのだから従って当然だとかいう態度。挙げ句の果てに、『私は女神サティアの生まれ変わり』発言である。それは頭も痛くなるというものだ。

「うわぁ、ティアがいかにも嫌いそう」

「うん。既に駆逐《くちく》対象リストに入ってる」

「駆逐《くちく》っ……穏便《おんびん》にな?」

キルシュはそう言うが、腹の立つ貴族の見本みたいなものだ。今すぐ張り倒したいのを我慢できているのは、まだ会っていないからだろう。

「それで、もう一人は?」

アデルが呑気《のんき》に促《うなが》す。ティアのやることにそれほど間違ったことはないと、アデルは信じて疑わない。ティアが嫌いならば、自分も好きにはなれないと思っているのだろう。

「もう一人はねぇ。ウィストの第一王女」

「えっ⁉」

「王女様ぁ⁉」

やっぱり驚くよねとティアは笑う。

「元々、色んな国で遊学を楽しまれていたらしくて、最後の一年はいずれ王妃になるこの国で、ってことみたい」

「ふぅ～ん。勉強熱心な王女様だね」

学園長の話を聞いた限り、実際かなり勤勉で真面目な性格らしい。

「まあ、学園長に頼まれたからフォローはするけど、何か起こりそうな場合以外は放っておくつもり」

そう言った途端、キルシュとアデルは困ったような表情で顔を見合わせる。きっとティアは色々と巻き込まれるだろうな、とそこには書いてあった。

そんな二人の肩にシルキーがそっと手を置く。三人はお茶を堪能《たんのう》するティアを気の毒そうに見つめたのだった。

◆　◆　◆

ティア達が帰った後の部屋は静かだ。シルキーは、いつものように部屋の掃除を始める。しかし、幾分かして来客の気配に手を止めた。

この地下の空間は全てシルキーが管理している。侵入者は即刻叩き出す仕組みだ。万が一にもこの部屋まで辿《たど》り着くなんてことは起きない。こちらが招き入れでもしない限り絶対だ。

しかし、例外中の例外がたった一人だけいる。

その人はコツリコツリと規則正しい足音を響かせながら部屋までやってきた。

金の眩《まばゆ》い髪と、光を反射して色合いを変える鈍色《にびいろ》の瞳。白と金を基調とした服は、気高い彼の存在を美しく引き立てていた。

《よう。元気か？》

言葉の響きから、それが人でないことは明らかだ。声帯を通ってはいるが、その声は魂にも届く。そして、彼の背中には美しい透明の羽が二対《につい》あった。

《見れば分かりますでしょう。それよりも王。このように何度もおいでになられてよろしいのですか？》

人族には聞こえないシルキーの声も、その人には受け取ることができた。

《構わんさ。我が城は鉄壁。誰も来ることのなくなった王の間に、ただ座っているだけでは不健康すぎるだろう》

《……その生活を五百年はお続けだったはずですが？》

《はっはっはっ……それを言うな！》

この気安い妖精族の王は、つい先日まで引きこもり生活を続けていた。ダンジョンと呼ばれる地下の迷宮。妖精族はそこを管理し住処《すみか》としている。この地下の空間もシルキーにとってのそれだ。

魔力の源である魔素《まそ》によって生まれるのは精霊と同じだが、妖精族は精霊と違って明確な体を持つ。人族と同じく、誰の目にも見える存在としてこの世界に生きている。しかし、その性質から、魔素《まそ》の多い場所でしか活動できず、地上のどこにでも棲《す》めるというわけではない。

妖精王は、そんな妖精達の棲《す》む場所の魔素《まそ》を調整する役目を負っていた。

ただし、同じ妖精族でもシルキーだけは違う。彼女達は家に憑《つ》き、そこに住まう人々の放つ魔力を魔素《まそ》代わりにして生き続けるのだ。だから、この場所も妖精王の管理下にはない。

王がシルキーのもとへひょっこりと顔を出したのは、半年ほど前。地下の通路は学園街の下に張り巡らされているだけでなく、少々遠方にある王のダンジョンにも繋がっていたのだ。

《だってなぁ。フィンの奴はフテ寝したまま起きねぇし、最近はダンジョンに潜《もぐ》ろうっ

て気骨のある冒険者もいねぇ。それで俺はどう楽しめというんだ？》

簡単に言うと、いい加減に退屈すぎて外出したくなったのだ。構ってくれる人を求めて彷徨《さまよ》い出したともいえる。何千年と生きる妖精族にとっても、五百年という時間は短くなかったらしい。

《それに、あの子が生まれ変わってきたんだ。早く会いたいじゃないかっ》

《ならば会われればよろしいのに》

妖精王は昔、娘のように可愛がっていた少女が生まれ変わったと知って出てきたのだ。だが、なぜか自分から会おうとはしない。その理由がこれだ。

《俺は妖精王だぞ？　ダンジョンのボスだぞ？　冒険者であるあの子が会いに来るまで待っててやるのが筋ってもんだろう》

《……待てなさそうですけどね》

《だから、それを言うなってっ》

会いたくて仕方がなくて、自分の存在を思い出してほしくて、その子の母親から預かっていた物をわざわざ持ってきたのが半年前のことだ。それをシルキーから少女に渡してもらったのだが、残念ながら気付いてもらえていないらしい。

《会いたいが……今はちょいマズい。やっぱりどうにもきな臭《くさ》くてな》

王は真面目な顔で腕を組んで唸《うな》る。最近、少々気になることがあるのだ。
《……それでは会えるのは当分先ですね》
《だからそれを言うなってっ。俺だって傷つくんだからな？》
目下《もっか》の心配事が解決するまで、あの子をダンジョンには呼べない。大切な少女を危険な目に遭わせることはしたくない。
《そんな傷心の王に、あの子の作った焼き菓子をお分け……しようと思ったのですが、先ほど食べ終わってしまいました》
硬めが好きだというその子の作った焼き菓子は歯ごたえが癖《くせ》になるのだ。取っておこうと思っても、手を出せばついつい食べ切ってしまう。
《なんでだよっ。残しておけよっ。しまいには泣くぞっ》
《まさか、昨日いらして今日も来られるとは思わないじゃないですか。残念です》
《お前、俺のこと嫌いだろっ》
《……どうなんでしょう？》
《聞くなよっ。あぁっ、クソっ、やっぱり、さっさと会いに来いよぉぉぉっ》
嘆《なげ》く王の声が、その子に届くことはなかった。

◆　◆　◆

　その日の夜。ティアは怒濤《どとう》のように過ぎた今日までの日々を思い、別邸のベッドで目を閉じていた。しかし、しばらくして不意に身を起こし、ベッドから出て窓を開ける。

「シリウス」

　彼をその名で呼ぶのはティアだけだ。シリウスと呼ばれた黒装束《くろしょうぞく》の青年……クィーグ部隊の三番手シルは、二階にある部屋にひらりと入ってきた。

「ごめんね。なかなか時間が取れなくて」

「いえ。問題ありません」

　ティアは数日前、シルに頼み事をしていた。しかし、それについての報告は入学式が終わって落ち着くまで待ってもらっていたのだ。

「それで、里の方はどうだった？」

　ベッドに座り、シルの報告を聞こうと目を向ける。すると、いつも無表情なシルの顔に少しだけ苛立《いらだ》ちが見えた気がした。

「何かあった？」

いつものシルらしくない。彼の表情が更に曇る。

「里長《さとおさ》は……承服できないと……証《あかし》を見せるようにと言われました」

「うん？　証《あかし》？」

「はい。サティア様である証《あかし》を……本物のサティア様ならば王宮の地下に秘されているものを白日《はくじつ》のもとに晒《さら》すことができるだろうと……」

シルは目を細め、ティアから視線をそらす。悔しいと、その顔には書いてあった。

「なるほどね。まあ、でもそれもそうか。そうそう信じられないよね」

自分がサティアの生まれ変わりであることは分かっているが、それを信じろと他人に言うことはできない。過去の出来事をどれほど知っていたとしても、確かめる術《すべ》はないし、証《あかし》とするのは難しいのだ。

未《いま》だに周りに言えないのもそれが理由だ。しかし、そんな中でもシルはティアを信じていた。

「そんなことはありません！　本来ならば、ティア様を疑うなどあってはならないのですっ」

「いや、無茶だよ？」

そんな指摘もシルには届きそうにない。こんな時の対処法は分かっている。

「それに、無理に協力してもらう必要はないんだ。元々カル姐《ねえ》のところで調査が進んでるみたいだし、何より、私にはシリウスだけで充分だよ」

「っ……」

ティアが隣国のウィストとサガンを怪しいと思ったのは、魔王カルツォーネからもたらされた情報によるものだ。魔族は『神の王国』の魔工師ジェルバを追っている。その過程で『神の王国』がウィストとサガンに拠点を構えているらしいと知った。人族の国ならば、魔族よりも人であるクィーグの方が動きやすいだろうと思ったティアは、里長《さとおさ》に協力を頼んでほしいとシルにお願いしたのだ。

「でも、王宮の地下かぁ……ちょっと気にはなってたんだよね～」

「ティア様、ですが……」

何も里長《さとおさ》の言うことを聞かなくてもいいとシルは考えているようだ。その顔は実に不満そうに見えた。

「いいのいいの。ちょっとした散策だよ。別に認めてほしいとかじゃないもん。言ったでしょ？　シルだけでいいんだよ。だいたい、私を試そうなんて良い度胸だよね～。ってことで、明日にでもエル兄様の様子を見がてら遊んでくるよ」

「はぁ……ティア様がよろしいのであれば。ですが、もしその結果、里長《さとおさ》がおこがましくも認めるなどと言ってきた場合は、容赦なく切り捨てください。あのような者達、ティア様の傍《そば》にいるには相応《ふさわ》しくありません」

シルはかなり怒っているようだ。ここまで感情を顕《あら》わにし、言葉にするのは初めてだった。

「ははっ。うんうん。何度も言うけど、シルだけでいいからね」

「はいっ」

自信満々に返事をするシルを見て、ふと誰かと似ている気がした。だが、上手く思い出せない。だからティアは、誤魔化《ごまか》すように明日の予定を口にする。

「よしっ。それじゃ、明日は王宮探索っ。エル兄様には栄養ドリンクをお土産《みやげ》に持っていこう」

学園を卒業してから毎日、王宮での仕事に忙殺《ぼうさつ》されているらしい第二王子エルヴァスト。ひと月ぶりに顔を見に行くことになるが、果たして元気でやっているだろうかと、ティアは思いをはせるのだった。

◆　◆　◆

過去の情景はいつも唐突に夢に見る。ティアが女神の力を持っているからなのか、前世の記憶を持つからなのかは分からない。けれど、それはいつも意味なく見られるものではない。決まって何かの暗示なのだ。夢から覚めた時、覚えていられるかどうかは定かでないが、予感として残るものではあった。

これは幼い頃から繰り返されており、それほど珍しいことではない。だが、夢に見るのはティア自身がほとんど関わっていない出来事も多く、いつだって少し離れた場所から見つめることしかできない。だから、これはきっとティアではなく、世界が記憶している光景なのだろう。

真っ赤な長い髪を揺らしながら王城の廊下を駆けるのは、ハイヒューマンであり、バトラール王国の王妃であるマティアスだ。護衛の騎士達はとても追いつけないが、彼女が向かう部屋は分かっているので、そこに上手く配置された騎士達によってなんとか規律は保たれている。

その部屋の扉を、声をかけるよりも先に開け、マティアスは中へと入っていく。

マティアスが最初に声をかけた相手は王宮の薬学師だ。

「ライラは大丈夫かっ」

中央のベッドに横になっているのは、白銀に近い金色の髪を枕に広げて荒い息をする、第六王妃のライラだった。

「い、今、薬を呑んでいただけたところです」

その薬学師の声を合図にライラが目を開ける。薄い青色の瞳は熱に浮かされ、涙で潤《うる》んでいた。

「っ……マティアス様……子ども達は……」

掠《かす》れた声で尋《たず》ねるライラに、マティアスは近くまで顔を寄せて優しく答える。

「心配いらない。リュカもシェスカも今日は熱を出していないよ」

「そうですか……申し訳ありません……」

いつもライラは『申し訳ありません』『お手を煩《わずら》わせてすみません』と、朦朧《もうろう》とした意識の中で言う。だが、マティアスとしては笑ってくれるだけで充分だ。

六人の王妃の中で最も年下。そんなライラを他の王妃達は皆、妹のように思っている。

体のあまり強くないライラは元々、魔力循環が上手くいっていなかったのだ。そこへ双子を身ごもってしまった。

双子は昔から高い魔力を持って生まれてくると言われている。その影響で母体は魔力の循環不良を起こし、産むのにもかなりの負担を伴《ともな》う。母子共に無事でお産を終えることさえ稀《まれ》だと言われていた。

だが、王宮に詰めている薬学師や治療師、魔術師達は優秀だ。だから、ライラもなんとか双子を産むことができた。ただし、産後の状態は良いとは言えない。

双子自身も生まれながらに高い魔力を持つことで、それを暴走させやすく、常に命の危険に晒《さら》されている。それでも生きているのは、優秀な魔術師達やマティアスのおかげだろう。

「もうお休み。薬が効いてくるまで傍《そば》にいてやるよ」

「はい……」

こんな時は夫であるサティルが来るべきなのだが、二日に一度は倒れるような状態のライラのところには、王としての政務もあって来られない。

何より、サティルは不器用なのだ。貴族達から無理やりあてがわれた王妃達を愛せず、愛するのはマティアスのみと宣言したこともある。だからせめて、マティアスがこうして代わりに傍《そば》にいるようにしていた。

ライラもそれで良いと笑う。王妃達と一緒にいる方が楽しいというのはライラの正直な気持ちなのだ。特にマティアスを慕《した》っている。だからマティアスもライラが可愛くて仕方がなかった。

「熱が下がったら、庭園でお茶をしような」

そう言って頭を撫《な》でると、ほどなくして寝息が聞こえてくる。触れたところから魔力の循環を正常なものへと戻したので、先ほどよりは楽になったようだ。

「お前達も休め。しばらくは私がついている」

「はい。それでは失礼いたします」

薬学師達も連日のように対応しなくてはならないため、気の休まる時がない。少しでも時間があるならば休んでもらわなくては。

ライラと二人だけになった部屋で、マティアスは呟《つぶや》く。

「……すまない……」

マティアスはこの時、既に気付いていた。自身の余命があと数年もないことに。そして彼女が死ねば、ライラや双子もほどなく限界を迎えるだろう。

「お前を治したくても時間が足りない……何より世情がそれを許さない」

ライラを治療するには、エルフの持つ薬学の知識が必要だ。けれど、数年前から人族の国の多くが異種族との交流を制限していた。これにより、エルフ達は自身の知識はもちろん、薬さえ他国に流さなくなったのだ。

もちろんマティアスと親しいエルフはいるが、マティアスがいるからと言って一つの国を優遇すれば、それが火種となって戦が始まる可能性がある。たとえ友人同士であっても、それはやるべきではないとお互い理解していた。

そうした事情のせいでライラを治療する薬は手に入らない。

一方、双子の方はといえば、王家の血によるものか普通の双子より更に魔力が高く、小さな体ではすぐに魔力過剰を起こしてしまう。それを上手く外から操作し、放出してやらなくてはならない状態だ。

その技術は現在、魔術師長とマティアスにしかない。だが魔術師長は高齢で、日に何度も対応できなかった。

今のうちに他の魔術師達に技を習得させようとしても、対象となる双子と同じくらいか、それを上回る魔力を持っていないと無理なのだ。

「これも魔族に頼めば、なんとかなるかもしれんのにな……」

魔族の子ども達は総じて高い魔力を持って生まれる。それでも生存できるのは、特殊な魔導具によってこれに対処しているからだ。しかし、魔族もエルフと同じように魔導具や技術の提供をやめた。魔導具については人族に悪用されないようにと、密かに回収するほどの徹底ぶりだ。

なぜこんなことになってしまったのだろうとマティアスは考える。原因として思い当たる者達はいた。かつて交戦したことのある相手。なぜその時、始末しなかったのか。それを思うと今でも腸《はらわた》が煮えくり返る。

「『ブルーブラッド』……次があったなら、必ず息の根を止めてやる」

この世への未練が残りそうな予感に、マティアスは奥歯を噛みしめる。残りの人生、こうして王宮に留まっている状態では、奴らに出会える確率はほぼゼロに近い。

「フィズ」

クィーグの頭領の名を呼ぶ。すると、音もなく一つの影が部屋の隅に現れた。

「『ブルーブラッド』という組織について調べてくれ。それと、異種族を否定することは不利益でしかないという噂《うわさ》も流せ」

「はっ」

こんなことは、ただの付け焼き刃でしかない。それでも、民達に疑問を抱かせることができればと思う。

「……魔力操作はティアに覚えさせるか。それから、双子が六歳になったら妖精王に加護をもらうように言って……」

やれることは沢山ある。マティアスは深く穏やかな寝息を立てるライラの傍《そば》を離れ、部屋を出ていく。少しでもあがいてみせようと一歩を踏み出すのだった。

第二章　女神の手を取る者達

ティアは、新学期の初日の授業を終え、一人王宮へ忍び込んでいた。

「エル兄様の部屋は、っと」

忍び込んだとはいえ気配を完全に消しているわけでも、コソコソと泥棒よろしく静かに動いているわけでもない。気安く街を散策するような足取りだ。肩には学園街からついてきた赤い小さなドラゴンが乗っている。

《キュっ》

「うん。あっちだね。フラムも分かるんだ？」

《キュ～ゥ》

ティアがフラムと呼んだそのドラゴンは、ティアと誓約している歴《れっき》とした魔獣だ。今は小さくなっているが、本当の姿は既に成体と同じで、大きな家ほどもある。

ドラゴンは本来、人族が誓約できるような魔獣ではない。

運命の采配《さいはい》とでも言うのだろうか。ティアは前世のフラムと出会い、その魂を輪廻《りんね》の輪に返した。今は伯爵家の別邸で昼寝をしているであろう、ティアの相棒マティ。最強の魔獣と呼ばれるディストレアの子どもで、その子の母がフラムの前世だ。ティアと違ってフラムはそのことを覚えてはいないが、繋がりは感じているのかもしれない。

少し前にその事実を知ったティアは、二匹で楽しそうに遊ぶ様《さま》を見ると嬉しくなる。

「それにしても、なんて分かりやすい配置……仕方ない。ちょっとサービスしてやるか」

警備兵達の気配を読みながら、王宮全体の配置を頭の中で確認する。城というのはどこもそう変わらない。どの辺りに謁見《えっけん》の間があり、王の執務室があるか。更に宝物庫や武器庫に至るまでが人員の配置からも推測可能なのだ。

ティアは見つかることなく歩き回る。手には大きな見取り図を持っており、非常に目立つにもかかわらず、一度として見つかりそうになることはなかった。

一時間後、見取り図に警備兵の配置の修正案を記入し終えると、タイミング良く知り合いを見つけて声をかける。

「やっほ、ビアンさん」

「っ、お嬢さん!?　ど、どうしてこんな……王宮のど真ん中に……」

そこにいたのは、第二王子エルヴァストの護衛である近衛《このえ》騎士のビアンだ。エルヴァストが城に戻り、政務に携わるようになったことで、彼に張りついている必要はなくなっていた。今は、父親である近衛《このえ》隊長から多くの雑務を押しつけられているらしい。ティアとも浅からぬ縁があり、騎士らしく爽《さわ》やかで気の良いお兄さんだ。

しかし、どうにもティアと話す時は困り顔が多い。

「ちょっと探検してた」

「はあ……どなたの許可で？」

「うーん、私？」

「……そうですか」

こうしたやりとりは、前世で傍《そば》にいた女騎士を思い起こさせる。

感傷に浸《ひた》りそうになりながらも、ティアは用件を思い出した。

「これ、良かったらもらって」

「なんですか？　……って、城の見取り図っ!?　いや、警備兵の配置図ですか!?」

ビアンが目を丸くするのも仕方がない。これを描いたティア自身、実に良くできた見取り図だと思うのだ。

「それと修正案ね。めちゃくちゃ忍び歩きしやすかったから、つい出来心で」

「出来心でやれる範疇《はんちゅう》を超えてますから！　こ、これをどうしろと!?」

ビアンは動揺していた。こんなものを手渡されては怖いと言わんばかりだ。

「参考にして、配置し直せって言ってんの。私って親切でしょ？」

「その親切が怖い……って、なんでもないですっ……」

ギロリと音が聞こえるくらい睨《にら》んでやれば、ビアンは紙を素早く折り畳んで目をそらした。

今回は聞かなかったことにしてやろうと、ティアはビアンに背を向ける。

「それじゃ、私は行くね」

「えっ？　ど、どちらへ？」

怖々《こわごわ》と問いかけてくるビアンに、ティアは少しだけ振り向いて、ウィンクしながら素直に教えてやった。

「エル兄様のところと、ここの地下にね♪」

《キュキュ～》

「はい？」

混乱中のビアンを残し、ティアとフラムはまっすぐエルヴァストの部屋に向かうのだった。

やがて休憩しに帰ってきたエルヴァストを、ティアとフラムは部屋でくつろぎながら迎えた。

「あ、お疲れ様ぁ」

《キュっ》

「ティア!? それにフラムまで……」

さすがのエルヴァストも、まさか自分の部屋でティアが紅茶を淹《い》れてくつろいでいるなどとは想像しなかったようだ。テーブルの上には、リボン付きの薬瓶が置かれている。

「まあ、こっちでお茶でも飲みなよ。特製の滋養強壮ドリンクも差し入れしとくね」

「あ、ああ……ありがとう」

一体ここはどこだったかとエルヴァストは内心首を傾《かし》げてしまう。椅子に座ると、フラムが挨拶《あいさつ》するように肩に止まり、小さな顔をスリスリと頬に擦《こす》りつける。

「ふっ、久しぶりだなフラム」

《キュゥ〜》

甘えたがりなフラムは、皆の癒《い》やしだ。部屋に入ってきた時のエルヴァストの表情は、ひどく疲れて強張《こわば》っていたが、それが一気に解《ほぐ》れたようだ。

「お仕事、大変みたいだね」

「え? ああ……色々と学ぶことが多い。たったひと月前までの学生生活が、もう懐《なつ》かしいよ」

　エルヴァストは将来、王となる兄の補佐をする立場になる。そのため、実践して学べとばかりに多くの仕事を回されているらしい。もちろん、王達の指導のもとでだ。

「そっか」

　数年前まで、側妃《そくひ》の子である自分は王太子の身代わりでしかないと思っていたエルヴァスト。しかし、冒険者としてBランクに匹敵《ひってき》する実力を身につけた今、誰に言われるまでもなく、何があっても王太子を守り抜いてみせるという強い意志を持っていた。

　ただ道具として利用されることを受け入れたのではない。自分自身の意思で決めた生き方だった。体と共に心も強く成長したことは、エルヴァストも実感しているようだ。

「それより、ただ私の顔を見に来ただけではないんだろう？」

　ティアの淹《い》れた熱いくらいの紅茶を飲み、体に染み込んでいくその温かさを感じながら、エルヴァストがそう尋《たず》ねてくる。今度はどんな楽しいことを思いついたのだろうと興味津々《しんしん》な様子が見て取れた。

　こんな時、秘密にしたり誤魔化《ごまか》したりするのは卑怯《ひきょう》だろう。だから、ちゃんと次の企《たくら》みを口にする。

「これからここの地下を探検しようと思ってね」

「地下を？　そんなところがある……のか？」

王宮の地下に王族用の脱出路などがあるのは定番だ。だが、エルヴァストの記憶の中にはなかったようだ。

「さっきから地下の気配を探ってみてたんだけど、結構怪しい臭《にお》いがするね。入り口は宝物庫の隣かなって思ってるんだけど……どうです？」

ドアの方に目を向けて問いかけるティア。そこに誰がいるのか、エルヴァストも気配で分かったようだ。

「……母上？」

ゆっくりとドアを開けて入ってきたのは、エルヴァストの母エイミールだった。

ビアンから、ティアが地下に行こうとしていると聞いたエイミールは、王の許可を取って仕事を抜け出してきたらしい。普段と変わらない王妃付きのメイド服を着用している。

元々メイドとして王宮に上がった彼女は、自《みずか》ら進んで王妃の影武者となった。王に見初められて側妃《そくひ》となった後も、メイド服を着て王妃の傍《そば》に控えているのだ。

「どちらで地下の情報を？」

「知り合いから聞いた、って言っておきます」

「そうですか……」

王家がクィーグ一族のことを把握しているかどうかは微妙だ。シルから聞いた話では、未《いま》だ森で隠れ暮らしているらしいので、王家の方から聞かれない限り言うべきではないだろう。

ただ、メイドでありながら隠密行動も取れるらしいエイミールならば、クィーグ一族のことも知っているかもしれない。

そう思ったティアが曖昧《あいまい》な答えを返すと、エイミールは何かを決意した表情で告げた。

「では、ご案内いたします」

「え、いいの？」

まさか協力してくれるとは思っていなかった。そこへ、エルヴァストが申し出る。

「私も行く。よろしいでしょうか、母上」

「……」

この二人の互いへの接し方はとても拙《つたな》く硬い。だが、エイミールがエルヴァストを大切に思っているのをティアは知っている。エイミールと友人として付き合いのあるティアの父母や、メイドとしての技術を直接指導した家令のリジットから聞いているのだ。

エイミールはエルヴァストに強くあってほしいと考えていた。王宮では様々な人々が勝手な憶測で心ない言葉を口にする。それに負けないよう、不当な扱いをもはね除《の》けられる強さを身につけてほしいと願い、時に冷たくあしらっていた。

そんな思いを知らないのはエルヴァストだけ。お互いを理解するためには、少しでも一緒にいられる時間を作ることが必要だろう。だからティアもエルヴァストに加勢する。

「いいよね、エイミールさん」

「……いいでしょう」

渋々《しぶしぶ》といった様子ではあるが、許可をもらえたので良しとする。エルヴァストもほっとしているのが分かった。

エイミールの案内で部屋を出て、ティアが予想した通り宝物庫の傍《そば》まで来た。その横に隠し扉があり、一人ずつ中に入っていく。

暗くて狭い通路をエイミールについて進む。少なくとも脱出用の通路ではなさそうだ。脱出用ならば外へ向かうはずが、王宮の中央へと向かっているのだから。

「この先に、一部の者しか知らない特別な部屋があるのです」

「そんなところが？」

エルヴァストは、初めて知る王宮の裏通路に興奮しきりだ。

しばらく歩いていると、床が傾斜になっているのを感じた。どうやら、緩《ゆる》やかに地下へ入っているようだ。

「この辺り……もしかして離宮？」

離宮の下に繋がっているのではないかとティアは見当を付ける。そこで、いつの間にか高くなった天井に、ふと違和感を覚えた。

灯りが届かないその天井に、何かの模様が見えたのだ。

「あの模様は災厄除《よ》けの……まさかっ」

「どうしたんだ？」

ティアは、その模様を知っている。それは、かつて多くの国の王宮にあった隔離《かくり》部屋への入り口の印。魔術の影響を受けないための結界のようなものだ。

「あれでお気付きになられるとは……ここは、王宮に生まれた双子を禍《わざわい》とならぬように封じるための離宮です」

「双子がいるのっ？」

目の前に迫った扉は、冷たい印象のある黒くて大きな扉だ。それに手をかけたエイミールは、苦々しげに顔を歪《ゆが》めて言った。

「はい……ご存じかもしれませんが、王族の子どもは七つの祝福の儀を受けるまで公《おおやけ》にされることはありません」

「あ……」

エルヴァストが小さな声を漏らす。双子が生まれたことは耳にしている。だが、まだ幼い弟達の存在を知っているのは王族と一部の貴族達だけだった。

生まれたと聞いた時、同時に王位継承順位についても聞かされている。側妃《そくひ》の子である自分よりも王妃の子である弟達の方が上であると。それを聞いた時の衝撃は今でも胸に残っていた。

しかし、エルヴァストは一度としてその存在を目にしたことがなかった。エルヴァスト自身は七つになる前に兄王子と対面していたというのにだ。

ゆっくりと押し開かれた扉の中には、地下とは思えないほど明るい部屋がある。

「あちらが、第一王女のイルーシュ様と第三王子のカイラント様です」

二人の子どもが身を寄せ合い、ソファーに埋もれながらこちらを不安げに見ていた。

天蓋《てんがい》付きの大きなベッドに、沢山の玩具《おもちゃ》とぬいぐるみ。

天井から吊るされた飾りも可愛らしく、見た目はただの楽しそうな子ども部屋でしかなかった。

「双子……」

お人形のように肩まで伸びたストレートの金髪。片方はそれをツインテールにしている。まだ幼い二人の子どもは、手を取り合って縮こまっていた。

「イルーシュ様、カイラント様。お父上とお母上のご友人であるティア様です。それと……私の息子であるエルヴァストです」

「「……」」

不安げなその表情をよく見れば、向かって右側にいる子どもは目の色が濃い緑色をした男の子。左の子どもの目は薄い緑色で、髪がツインテールになっていることから女の子だろう。

そういえば王妃の瞳の色も、母シアンや兄ベリアローズのように美しい緑色をしていたなとティアは思い出す。

「ここには、王様や王妃様が来ることもあるの？」

「王室規定により、会うことはかないません」

「そう……はぁぁ。これぱっかりは本当、なんでちゃんと対処しなかったのかって、すっごく後悔してるよ」

「ティア様？」

《キュキュ？》

ティアは大きなため息を吐きながら、頭を抱えて屈《かが》み込む。それから小さく呟《つぶや》いた。

「……ごめんね、リュカ、シェスカ……ライラ様」

「おい、ティア？」

弟達との初対面に驚いていたはずのエルヴァストまで、心配そうに声をかけてくる。

「あぁぁぁぁぁっ、もうっ！」

「っ!?」

ティアは何もかもを吐き出すように大きく叫んで立ち上がると、スタスタと双子に近付く。

びくりと身をすくませて、警戒する子猫のように縮こまる二人に、手を差し出した。

「さっさと出るよっ」

「「……」」

固く結ばれた二人の口元を見て、ティアは顔を顰《しか》める。それから強引に手を取った。

「冷たい手だなぁ……ん？　これってまさか」

「どうされました？」

手を取ったまま、ティアはまた屈《かが》み込む。脱力して、思わずといった感じだ。

「エイミールさん、この子達の声を聞いたことは？」

「え？ ……あ、いえ。それが一度もないのです」

「やっぱり、これだけの魔力を持ってると、そうなるか……」

ティアには感じられた。この二人の魔力は、王宮の魔術師長クラスにも匹敵《ひってき》すると。

「今、何歳？」

「あの、王子達は……」

エイミールが答える前に、ティアには二つの声が聞こえてくる。

（ろく……）

「そっか。六歳か」

（うん）

「ティア様？ なぜお判《わか》りに？」

エイミールは、驚きに目を見開いている。それも当然だ。彼女は王子達の年齢を伝えていないのだから。それなのに、なぜかティアには分かったのだ。

「ちゃんとこの子達から聞いた」

「え？ ですが、王子達は言葉を……」

エイミールだけではない。エルヴァストにもそんな言葉は聞こえなかったし、双子が今まで声を出したことがないのは確かだった。

「話せるよ。ただ、この子達は念話《ねんわ》で話してる」

「念話《ねんわ》？」

二人の魔力は大きい。それを持て余し、声を出す代わりに念話《ねんわ》で会話するようになってしまったのだろう。彼らにとっては、声に出すよりもその方が容易だったのだ。

「それは、マティが話すのと同じってことか？」

そう尋《たず》ねたのはエルヴァストだ。エイミールもマティの存在は知っているが、喋《しゃべ》るという認識はない。

「そう。双子って、魔力が強い子が多いんだ。うちにいるマクレート家の双子もそう。中には、体に支障をきたすくらい強い子達もいる。そうなると、こうやって精霊さえ入れない場所に閉じ込められている子達は、魔力を持て余して、弱って死んでしまうこともある」

「そんなっ。王子達はっ」

命の危険があると聞き、エイミールは居ても立っても居られないようだ。そんな彼女を安心させるために、ティアは二人の状態を繋いだ手から感じ取る。

「大丈夫。この子達は上手くコントロールできてる。できてなかったら、今頃ここにいないよ。こういうのは、たいてい三つまでに決まるんだ」

（(できてる)）

「そうだね」

ティアは手をゆっくりと離して、笑みを浮かべながら二人の頭を撫《な》でた。

「念話《ねんわ》ができるのなら、なぜ今まで母上には聞こえなかったんだ？」

エルヴァストは、マティの例を知っているからこそ不思議に思ったのだろう。マティの声は、誰にでも聞こえる。

「魔力の波長を合わせないと聞こえないんだよ。マティはあれで、全部の人の波長に合うように魔力を調整してるんだ。でも、この子達はそこまでできない」

（(できない？)）

「できるようにはなるけど、それよりも声を出そうか」

（(こえ？)）

揃《そろ》って首を傾《かし》げる様子は、とても愛らしい。

「だから、ここから出よう」

（(でる？)）

「ティア様？　いけませんっ。王室を危険に晒《さら》すことは……」

「危険なんてないよ」

（きけん〜）

その言葉の響きが気に入ったらしい。二人は無邪気に手を取り合って揺れていた。

「あのね、エイミールさん。そもそも双子が禍《わざわい》を呼ぶなんて、不幸な偶然が重なったことで生まれた迷信でしかないんだよ」

「え……」

だからこそ、あの頃、正しい事実を広めていれば良かった。それはティアにとって、とても大きな後悔なのだ。弟妹《ていまい》達が早くに亡くなってしまったことで、その意義をティアは見いだせなくなった。けれど、やるべきだったのだ。その後に生まれてくる子ども達のために。

「本当に？」

王妃の影武者として生きるエイミールにとって、王妃は大切な主人であり、王は自分の夫でもある。王太子レイナルートとエルヴァストのことも守りたいと思っていた。だからこそ、イルーシュとカイラントが王室規定で幽閉されていても、助け出そうとは思えなかった。王家が危険に晒《さら》されることだけは絶対に避けたかったからだ。

「エイミールさんは心配性だよね。ねぇ、仮に何か良くないことが起こるとして、王家にどんな禍《わざわい》があると思う？」

「えっ？」

エイミールが息を呑む。ティアは振り返り、少し意地の悪い笑みを浮かべた。

「ねえ、どんなことだとエイミールさんは思う？」

今、エイミールの頭の中では様々な思考が渦巻《うずま》いているのだろう。顔色が悪い気がする。

長い沈黙が続くと、エルヴァストが珍しく苦言を呈《てい》した。

「ティア、母上をからかうのは……」

王家を守ろうとするエイミールの気持ちが、エルヴァストには痛いほど分かっているのだ。

「はいはい。ちゃんと説明するよ」

ティアは大袈裟《おおげさ》に肩をすくめてみせると、未《いま》だにどんな顔をしたらいいのか分からないといった様子のエイミールに、迷信が生まれた理由を説明した。

「双子が生まれると、王家にとって不幸なことが起きる確率が高いんだ。だから、禍《わざわい》を招くって言われるようになったの」

「不幸……」

（ふこぉ？）

イルーシュとカイラントは不思議そうにティアを見上げていた。そんな二人に安心しろと笑みを向け、ティアは再び口を開く。

「双子の出産には、母子共に命の危険が伴《ともな》う。双子の出生率が低いのはそのせい。昔はね、王家が今より小さかったし、王様はちゃんと自分が愛した女の人と結婚してた。そんな王様にとって、王妃の死は辛いものでしょ？　もし王妃が無事だったとしても、生まれるはずの子どもが生まれなかったら、それはそれでショックだよね」

どちらが死んでも、王家に影が落ちる。王妃が死ねば、王はその原因である子どもに会いたいと思えなくなるだろう。それが転じて、無事に生まれた子ども達をも遠ざけるべきだと言われるようになった。そしていつしか、王家の双子は不幸を呼ぶと囁《ささや》かれるようになったのだ。

「ならば……イルーシュ様達は禍《わざわい》など……」

「呼べるわけがないよ。ただの無邪気な子どもでしかない。ただし、双子を隔離《かくり》するようになった理由の一つに、生まれ持った魔力が高いせいで体が弱いってのがある。だから魔力のコントロールができるようになるまで、安全なところで育ててたの。けど……どのみちこの子達にはもう関係ないね」

イルーシュもカイラントも魔力と上手く折り合いを付けており、健康体だ。ただ、魔力を暴走させないように制限をかけることは必要だろう。

「まあ、王家の血は伊達《だて》じゃないからね。安全策を取る必要はあるかな」

「と言いますと？」

エイミールは不安そうに尋《たず》ねる。やはり危険なのかと思ったのだろう。だが、心配する必要はない。ティアには心当たりがある。行くきっかけを考えあぐねていただけで、そこに行けばなんとかなると思う場所があるのだ。

「年齢的にもベストだし、加護をもらっておくのが安全だと思うんだ」

「加護？」

わけが分からないと、先ほどからエイミールは混乱しっぱなしだ。これを見かねたエルヴァストが説明を求める。

「ティア、ちゃんと説明してくれ。加護とは誰のだ？」

ティアとそれなりの付き合いのあるエルヴァストだからこそ、こんな時でも冷静になれるのだ。

「えっとね。こっからなら呼びつけるより、向かった方が確実かなって」

「……ティア、頼むから分かるように言ってくれ」

どうにも伝え方がマズいらしい。とはいえ、簡単に結論を言ってしまってはますます混乱するだろう。

そんなティアの気遣いもエルヴァストは理解しているようだ。何を言われても受け止めようと、覚悟を決めたような顔をしていた。

「うん。妖精王の加護を頼んでこようかなって」

「は？」

やっぱり理解できなかったらしく、エルヴァストとエイミールはしばらく固まっていた。


エルヴァストとエイミールと別れて、誰にも見つかることなく王宮から双子を連れ出したティアは学園街に戻ってきていた。

王都の冒険者ギルドで二人の身分証を発行すると、フラムに乗って学園街のギルドへ飛んできたのだ。今は伯爵家の別邸に向かって夜の街を歩いている。

この時間ならば、子どもは眠くなっていてもおかしくない。そう思って、手を繋いでいる双子の顔を見ると、彼らは嬉しそうに前だけを見て歩いていた。

「イルちゃん、カイくん、眠くない？」

（たのしい）

「眠くないってことだね……まぁ、私もその方が楽だけど。もうちょっとだからね」

自分で歩いてくれるのは助かる。まだ体重の軽い六歳児とはいえ、二人の子どもを抱きかかえて移動するのは難しい。

物珍しそうにキョロキョロと辺りを見回す二人は、結構強い力であっちへこっちへ行こうとする。それをしっかりと捕まえておくだけで、かなりの労力が要《い》った。世の母親達の苦労が窺《うかが》い知れる。

そうして歩き続けていると、急に手の力が緩《ゆる》んだ。二つの小さな手は熱いくらいに熱を持っている。もしかしてと思い二人を見れば、揃《そろ》って眠そうに目を擦《こす》っていた。

「あらら。眠くなっちゃった？」

（ん～）

これはどうしたものかとティアが悩んでいると、過保護な保護者の姿に気付いた。予定よりもティアの帰りが遅いことで、心配になり迎えに来たらしい。

「ティア。その子ども達はどうしたんだ？」

彼はルクス・カラン。ティアの護衛であり、『未来の夫候補』でもある。

ここ半年、ルクスは修業に明け暮れていた。ティアの『自称婚約者』で彼のライバルであるシェリス・フィスマともたびたび手合わせをし、そろそろAランクに匹敵《ひってき》する実力をつけている。とはいえ、過保護であることは変わらず、こうしてやってきてくれたというわけだ。

「ルクス、良いところにっ」

なぜか嬉しそうなティアに、ルクスは面食らったような顔をする。

「あ、ああ。その子達、眠そうだな。運ぼう」

「うん。……カイ君、このお兄ちゃんが抱っこしてくれるからね」

とりあえず事情は後から聞こうと、ルクスは頭を切り換える。これも長年の付き合いの賜物《たまもの》だ。ただ諦《あきら》めただけとも言うが。

(だっこ?・)

カイラントをルクスに任せたティアは、イルーシュをどうやって運ぼうかなと考える。いくら鍛《きた》えているとはいえ、ルクスに二人も抱っこさせられないだろう。だからといって今のティアには体格的に難しい。

「う～ん。世のお母様達は上手に抱えてるよね……よし、ちょっと待ってて」

ティアは細い路地に素早く入り込むと、一瞬で二十代くらいの姿になって戻る。

「この姿なら大丈夫かな。ほら、イルちゃん」

(ん～)

イルーシュは両手を上げて抱っこのポーズだ。相当眠いらしく、もう目は開いていなかった。

「大丈夫か？」

「うん。余裕」

そうして屋敷に着くと、眠ってしまった双子をティアの部屋に連れていくのだった。

夕食の席で、ティアはルクスとメイドのラキアに、双子が王女と王子であることを伝えた。今年からこの屋敷で一緒に暮らすことになった、親友のキルシュとアデルにもだ。

「どうして連れてきたの？」

アデルの問いかけに、ティアは端的に答える。

「いくら大丈夫だって口で説明しても、本当に安全かどうか理解してもらえないと何も変わらない。だから、確実に大丈夫だっていう太鼓判をもらうまで預かることにしたの。何より、もっと人と関わらないと、あの二人、言葉もまともに喋《しゃべ》れなくなる。そんなわけで、なるべく話をしてあげて。もちろん遊んでくれるともっと良いんだけど」

二人は今まで世話役のメイド達としか面識がなかった。このままで良いはずがない。今後はちゃんと王女や王子として生きていくのだから尚更だ。

「それで？　その太鼓判ってのは、誰にどうやってもらうつもりなんだ？」

ルクスはティアの言葉を聞き逃さない。質問も的確だった。それが嬉しくて、ついつい、ティアも調子に乗ってしまう。

「んっふっふぅ。これだよ。これを書いた人にお願いするの」

「落書きか？」

ティアがもったいぶって見せた一枚の紙には、何かの記号か模様のようなものが書かれていた。だが、それがなんなのかルクスには分からない。この場で知っているのは、これを受け取った時に傍《そば》にいたアデルとキルシュだけだ。

「それって、前にシルキーのお姉さんにもらったやつだよね？」

「確か、小さな箱と一緒にもらって……預かっていた物を返すとかなんとか書かれていると言っていなかったか？」

キルシュの言う通り、紙には『預かっていた物を一つ返す』と書いてある。ただ、それは人が使う文字ではなかった。そして、書いた者も只者《ただもの》ではない。

「うん。これ、妖精文字なんだ。で、これを書いたのが妖精王だったりするんだよね〜」

「「「ええっ!!」」」

ラキアを除く三人が大声を上げた。そのせいで双子が起きていなければ良いなと思いながら、笑顔でそれ以降の質問をはね除《の》けるティアなのだった。

双子の体温を感じながら眠りについたティアは、また過去を夢に見る予感がしていた。

それは懐《なつ》かしい文字を見たからだろうか。半年前は不思議に思っただけだったのに、今日改めて見た時には、早く会いたいと呼ばれている気がしたのだ。

◆　◆　◆

サティアが八歳の時、サクヤに頼まれて盗品を取り返し、退治した盗賊達。その始末は母マティアスが手配した騎士達がやるというので、荒らし回ったアジトをそのままに、サティア達はあるダンジョンへと向かっていた。

「やだな……」

「サク姐《ねえ》さん、行きたくないの？」

アジトにあった黒い横笛を手にしたままのサクヤは、心なしか歩みも遅い。そんなサクヤに、サティアは下から覗《のぞ》き込むようにして尋《たず》ねた。

「あそこが嫌っていうか……あそこにいる妖精王の側近がね……」

「うん？　嫌な人なの？」

「……合わないのよね……」

「合わない？」

本気で嫌だという表情のサクヤに、サティアは心配になる。

そんなサティアの思いを感じたカルツォーネが、苦笑しながら教えてくれた。

「サク姐《ねえ》に似ているんだよ。とても明るくて、気が利くところが特にね。それに、妖精王を大切に思っていて、なんと言えばいいのかな……」

上手く伝わらないかもしれないなとカルツォーネも結局言葉を濁《にご》す。そこでティアの母マティアスが一言告げた。

「まるで押しかけ女房だとか、ダグが言ってたな」

「おしかけ……？」

マティアス達と同じ『豪嵐《ごうらん》』のメンバーである、ドワーフのダグストール。彼がそう表現したというが、ティアには意味が分からない。

「マティ。それでは余計に混乱してしまうよ？」

「そうか？　私もその言葉がピッタリだと思ったぞ？　だから妖精王の妃《きさき》がいつまで経っても決まらないんだ」

とりあえず、何やら複雑な事情があるらしいと察することはできた。

「伝えたか」

唐突にマティアスが呟《つぶや》くと、クィーグ一族の男が姿を現す。彼は一番を意味するフィズ。クィーグ部隊の隊長だった。

「はい。王の間へ直接お通しするとのことです」

妖精王にサティア達の来訪を伝えたのだろうと、フィズの言葉で分かった。それを聞いたマティアスは、何やら考え込む素振りを見せる。

「そうか……シルはいるか？」

「はい。ここに」

三番を意味するシルが姿を現す。それを確認したマティアスは、サティアへと顔を向けた。

「ティア。ダンジョンという場所を体験したいだろう？」

「うんっ。できるのっ？」

その言葉に、サティアは勢い良く飛びつく。すると魅惑的な笑みを浮かべたマティアスが提案した。

「良いぞ。三日やるから、好きに遊んでくるといい。シルを連れていけ」

「は……？」

シルが間抜けな声を発し、思わずといったように固まる。そんなことにはお構いなしで、親娘の会話は進んでいた。

「わぁいっ、やったぁ！」

「私達は別に行動する。一番下まで来られたら、良いものをやろう」

「本当っ!?　約束だからねっ」

サティアは、もう興奮が抑えきれない様子で、軽く体を揺らしながら進んでいく。シルだけが、それに追いつけずにいた。

「訓練だと思え」

「……はい……」

フィズから慰《なぐさ》めの言葉をかけられたシルは、静かに心で涙を流すのだった。

そこは『赤白《せきはく》の宮殿』と呼ばれるダンジョンだった。

「おお～。ホンカクテキ……」

テンションがマックスになっていたサティアは、そんなわけの分からない感想を呟《つぶや》く。

「サティア。くれぐれも気を付けるんだよ？　……マティ。本当に一人で行かせるのかい？」

カルツォーネは、やはり心配だと眉を寄せた。

「問題ない。誰の娘だと思っている」

「それはそうだけれど……」

自信満々のマティアスと、キラキラと瞳を輝かせて入り口を見つめるサティア。その二人を交互に見ながら、カルツォーネは不安を募《つの》らせていく。

「カルが心配するのも当然だわ。マティ。サティアちゃんはまだ子どもなのよ？　だいたい、私達が設定した難度は、大人にとっても厳しいんだから」

この赤白《せきはく》の宮殿は、『豪嵐《ごうらん》』のメンバーで存分に遊べる場所を、と彼ら自身が難度を設定したのだ。その難度は当然かなりのものだった。

「問題ないと言っているだろう。私達の遊び場は、二十階層より下に移動させた。十階層までは一般人でも遊べるレベルだ」

「へ？」

「なんだい？　それ……」

その話は、カルツォーネ達も知らなかったらしい。

「あまりにも被害者が続出したのでな。封印されていた階層も開放したタイミングで、少しばかり優しくしてやったのだ」

設置されている罠も全て、『豪嵐《ごうらん》』のメンバーが考えた物だ。普通では考えられないような意地の悪い物も多く、明らかに万人向けではなかった。

「被害者って……」

「挑戦する者がいたんだね……完全に悪ふざけが入っているから、開放するのは十階層までにしておいたんだっけ……まぁ、それでも大概だったけれど……」

サクヤとカルツォーネも、今になって冷静に考えてみれば、とんでもなく危険が多い場所になっていると反省していた。

「今は、十階層までを騎士の訓練場として開放している。その下へは奴らもなかなか進めんようだがな」

十一階層からは、一気に難度が増す。その下へ行けた者は、騎士達の中にもいなかった。

「それなのに、サティアちゃんに最下層を目指せって……ちょっとっ、そもそも何階層まであるのっ？」

自分達も知らない階層があるのではないのかと、サクヤはようやく気付いた。

「そうだよ。前は二十階層が最下層だったはずだろう？」

そう尋《たず》ねるカルツォーネに、マティアスは面倒くさそうに告げる。

「三十階層だ」

「……そこまで潜《もぐ》るようにって、この子に言ってんの？」

「そうだな」

「……階層ごとの広さは以前と変わらないんだろう？」

「当然だ」

「……」

なんて無茶を言うのだと二人は頭を抱える。そこで、フィズが恐る恐る口を挟んだ。

「あの……サティア様なら、もう行かれてしまいましたが……」

「「えっ!?」」

サクヤとカルツォーネがサティアがいた場所に目を向けると、そこにはもう気配すらなかった。

一方、母親であるマティアスはといえば、サティアがダンジョンへ入っていったのには気付いていたため、それほど驚くこともなく冷静だった。

「そのようだな」

「ちょっ、サ、サティアちゃんっ、私も行くわっ」

「わ、私もっ」

サティアを心配する二人は、急いで追いかけようと一歩を踏み出す。しかし、そんな二人の襟首《えりくび》を、マティアスが掴んで止めた。

「馬鹿者。その横笛を運ぶのはサクヤの仕事だろう。それに、カルには魔工師として聞きたいこともある。さっさと来い」

「いや、だってぇっ、ちょっ、し、絞まるぅ……」

「さ、サティアをっ、マティっ……く、苦しいっ」

二人は襟首《えりくび》を掴まれたまま、マティアスに引きずられ、開かれた特別な入り口へと吸い込まれていったのだった。

第三章　女神との再会を願う者達

妖精王は、マティアスとサティアが亡くなった五百年ほど前から、ずっと王の間に引きこもっていた。心から愛せると思った女性と、娘のように思っていた子が死んだのだ。無気力になってしまうのも仕方のないことだろう。

妖精族の寿命は長い。千年、二千年はざらに生きる。王ともなれば、その有り余る時間を心の平穏を取り戻すために存分に使えた。そうして一年前、ようやく外に出てみようかと思ったのは、本当にただの気まぐれだった。

目の前にある森は様変わりし、何十年、何百年と人の出入りがなかったことは一目《いちもく》瞭然《りょうぜん》だ。草木は何者にも踏みしめられることなく、生き生きと伸び続けてきたのだろう。ただでさえ、妖精族が近くにいる環境には、動植物の成長を促《うなが》す力が宿る。もはや、ダンジョンの入り口さえすぐには分からなくなっていた。

周りに意識を広げ、妖精王は辺りの状況を確認する。

《へぇ……隠れ里は今でも健在か……》

同じ知人を亡くし、悲しみに暮れたであろうクィーグの者達。

その昔、マティアスがこの森の一部を隠れ里にすることを彼らに提案し、妖精王にわざわざ挨拶《あいさつ》に来た。思えば、それがマティアスとの初めての出会いだったのだ。ただし、かなり強引に踏み込んできたのだが、まぁ、今となっては良い思い出だ。

懐《なつ》かしい思い出に浸《ひた》りながら、感覚を広げられるだけ広げていく。妖精王は世界中にあるダンジョンの管理者だ。本気になれば、世界のほとんどの場所の気配を感じ取ることができる。

だから気付いた。輝くばかりの魂と、美しく巡る魔力。魔力の波動は人それぞれで、同じ者などいない。

《これはっ……サティアちゃん？》

死んだはずのサティアと全く同じ波動。それが何を意味するのか、すぐには分からなかった。けれど、まさかと思い当たった可能性に、一気に体が熱くなる。

《生まれ変わったのかっ》

たとえそうだとしても、前世の記憶を……自分のことを覚えているはずはない。そのことに気付くと今度は心が冷えた。

《それでもいつかっ……》

いつか会えたらいい。
そんな思いで数日を過ごした後、人族の国に一人で暮らすシルキーが彼女と接触しているのに気付いた。だからそのシルキーに会いに行ったのだ。
そして妖精王は知る。生まれ変わっても、サティアはサティアのままであるということを。
《なあっ、俺のこと覚えてると思うか？》
そうシルキーに尋《たず》ねると、彼女は冷めた様子で一言。
《さあ》
自分は王のはずなのに、このシルキーはとても冷たい。だが、王よりも契約した血筋の者を優先するのは、シルキーらしいといえる。彼女達は他の妖精族と違い、王の庇護《ひご》を必要としないからというのもある。
けれど、サティアのことは大事なことなのだ。だから王は必死になる。
《そこまで気になるのでしたら、思い出してもらえるように、何か分かりやすい物などを贈ってみると良いのでは？》
そうシルキーが提案してくれた。しつこくした甲斐《かい》があったというものだ。だから王は、昔マティアスから預かったサティアの武器を引っ張り出し、整備にも出してシルキーに渡した。それだけでは心配になって一筆添えまでしたのだ。
けれど、半年待ってもサティアは会いに来てくれない。とはいえ、その存在を感じられるだけで現状は満足できている。この世界にあの子が生きている。それだけで充分だ。
《でも、やっぱ会いたいとは思うんだよなあ》
《……王、心の声は口に出さないでください》
《お、マジ？　出てた？》
《煩《うるさ》いです》
《……はい……》
やっぱりシルキーは冷たい。王はがっくりと項垂《うなだ》れた。
最近はここでサティアと鉢合わせしないように、逆に気を付けている。彼女は前世からの夢だった冒険者になっていたのだ。ならば、ダンジョンのボスとして、会いに来てくれるのを待つべきだろう。
《待つと決められたのでしょう？》
《まあな……》
本当に待てるだろうか。いや、何十年だって待てるはずだ。そう思ってはいるのだが、どうしてか最近、何かにせき立てられている。嫌な予感がするのだ。その違和感を、確か前にも感じたことがある。
《そういやあ、最近おかしな森があるんだよ》
《……私に話しかけていますか？》
《他に誰がいるんだ。頼むから聞いてくれよぉ》
《はあ、良いですよ》
シルキーの許可も出たので、感じたことを頭でまとめるように話していく。
《妙に魔力が多いってのか、魔力が溜まっている森がいくつかあるらしくてな。それも、ダンジョンの近くが多い》
この国ではないのだが、ダンジョンの周辺は全て妖精王の管理下にある。手に取るようにとはいかないまでも、感知することはできた。
《黒い魔獣が、その森から発生しているらしいんだ》
そこからほど近いところに棲《す》む妖精に退治させたところ、影のように何も残さず掻《か》き消えたという。
この話を聞いたシルキーは少しばかり考える素振りを見せた後、何かを思い出したように立ち上がり、一枚の紙を持ってきた。
《これは？》

《報告書のようなものです。あの子の力になれればと思い、この街に届いた噂《うわさ》などをまとめているのですが……その中の一つに、黒い獣の情報があります》
その紙には、こう書かれていた。
《『ダンジョンから魔獣が溢《あふ》れ出している』……なんだこれ》
《その魔獣はダンジョンの中の魔獣と同じように、遺骸《いがい》を残すことなく消えることから、そのような噂《うわさ》が出てきたようです。この国ではまだ報告されてはいませんが、これまで他国で報告された出現場所から推察するに、次は王の棲《す》まわれるダンジョンの辺りが怪しいかと。それと、魔獣を使役しているのは妖精族だとも囁《ささや》かれております》
《なんだそれっ》
完全な濡《ぬ》れ衣《ぎぬ》だった。ダンジョンの中の魔獣は妖精族の力によって生み出される、いわば幻影だ。遺物を守るためだったり、人を鍛《きた》えるためだったりと、存在理由は様々だが、妖精族はそれらに無為《むい》に人を襲わせたり、ダンジョンの外に出したりはしない。
《そろそろ、あの子の耳にも入るでしょう》
どうするのかなんてシルキーは聞かない。だが、情報をくれただけで充分だ。確かに嫌な予感はしていたが、そんなことになっているとは知らなかった。
《……これを聞いたら、あの子は……》

《きっと、なんとかしようとするでしょうね》

《っ……》

分かっている。あのマティアスの娘なのだ。知己《ちき》である妖精王が困っていると知ったなら、間違いなく力になってくれるだろう。たとえ自分が危険な目に遭うと分かっていてもだ。

悩む妖精王に、シルキーは紅茶を飲みながらなんでもないことのように告げる。

《ただ、お待ちになればよろしいのです。王らしく。あの子ならばそう言いますよ》

王は、はっとした。

そうだ。きっとあの子ならばそう言う。マティアスの娘ならば間違いない。

《……だな。そうかもしれないな》

ならば待とう。それが妖精王としての務めだ。

◆　◆　◆

今年度最初の休息日の前日。授業が終わってすぐに、ティアは双子をアデルとキルシュとラキアに任せ、妖精王に会うためダンジョンに向けて出発した。

ただ、この日のティアはずっと浮かない顔をしていた。噂《うわさ》の問題児、ローズ・リザラントが吹聴《ふいちょう》していた話のせいだ。

授業が終わり、早く帰ろうと足早に廊下を歩いていた時のこと。隣にはキルシュとアデルもいて、姿はないがシルもついてきていた。

中庭を抜けようとしたティアの耳に、ローズの声が聞こえてきたのだ。

「信じられないわ。この国で随一の学園だとお父様から聞いて楽しみにしていましたのに、創設者の夫が異種族なんですって？　嫌だわ。女神であるわたくしがそんな血筋を受け継ぐ者の学園で教えを乞《こ》わなくてはならないなんて。今に、この国にも禍《わざわい》が起きるわ。他の神達がこの状況を見たら許さないと思うもの」

これに反論するのは複数の女生徒達だった。

「なんてことを言うのですっ。失礼にもほどがあるわっ。だいたい、異種族を否定するなんてこと、サティア様はなさらないわよっ」

「そうよっ。聖女であるティアラールさんだって、そんな考えは許されないもの。いい加減、その戯《ざ》れ言《ごと》をおやめになったら？　みっともないったらないわ」

そこで引き合いに出さないでほしいとティアは思うが、もっともな発言なので、ひとまずそのままにしておく。

「まあっ！　不敬ですわよ！　これでこの国は確実に神罰の対象だわ。近いうちに黒い獣がこの国を蹂躙《じゅうりん》することでしょう」

「黒い獣ですって？　神の御使《みつか》いなら白ではないの？　語るに落ちるとはこのことね。あなたは女神サティア様ではなく、邪神の生まれ変わりなのではないかしら？」

「っ、なんてこと!!　許せませんわっ。せいぜい後悔なさるのねっ」

捨て台詞《ぜりふ》を残し、肩を怒らせ、大股で去っていくローズ。それを女生徒達は呆れたように見つめている。そして、その中の一人が言った。

「勝手に言っていればいいわ。もし黒い獣とやらが出てきたところで、本物の神の御使《みつか》い様が殲滅《せんめつ》なさるでしょう」

これにはティアだけでなく、キルシュ達も大いに頷《うなず》いていた。

再び歩みを進めながら、アデルが思案顔で呟《つぶや》く。

「でも黒い獣って、妙に具体的だったね」

「確かにそうだな」

キルシュも気になってはいたようだ。

「黒い獣ねぇ……どっかで聞いたような気がするな……」

ティアはそれについて耳にしたことがあるように感じていた。すると、学園を出た辺りでシルが姿を現し、その情報をティアへと告げる。

「隣国のダンジョンから黒い獣が出てきているという目撃情報が届いております。噂《うわさ》によれば、妖精族がそれを操《あやつ》り、国を乗っ取ろうとしているとか」

「すごい話だね。それって誰が言い出したの？」

なんとも馬鹿げている。だいたい、妖精達がそんなことをするとは思えない。争い事をあまり好まない種族なのだ。だが、そのことを知る者がどれだけいるのかは怪しいところだ。

「噂《うわさ》の元は恐らく『神の王国』ではないかと神教会は考えているようです。ご命じいただけたら裏を取りますが、どうされますか？」

クィーグ部隊の仕事は学園の守護であり、こうした情報を仕入れてくる必要はない。これはあくまでティアの役に立とうとするシル個人の意思だった。

「いや、いいよ。どのみちこれからダンジョンへ行くんだ。妖精王なら事態を把握してるかもしれないし、聞いてみよう」

「はい。私もお供いたします」

こうしてなぜかシルも一緒に向かうことになったのだ。

「それにしても、名前を騙《かた》られるのって、結構腹が立つんだね……」

「ん？　どうしたの？　ティア」

低く呟《つぶや》いたティアを、アデルが不思議そうに見ていた。

「なんでもないよ。やっぱ問題児だったなって思っただけ」

「そうだね。あれは結構ヒドイね……」

ローズはフェルマー学園をもけなしていた。創設者フェルマーの子孫であるアデルも、聞いていて良い気分ではなかっただろう。

「いずれガツンと言ってやるわ」

「あはは。ティアのガツンはちょっと怖いな」

「まあね……目にもの見せてやる」

その怒りは沸々《ふつふつ》と、ティアの中にいつまでもくすぶっていた。

◆◆◆

妖精達が棲《す》むのはダンジョンと呼ばれる場所だ。

ダンジョンとは単純に言えば、古代の遺跡である。荒廃し、打ち捨てられた場所。そこには古代人が遺《のこ》した宝や魔導具が眠っている。

そうした場所には二種類ある。生きたダンジョンであるか、ただの廃墟となった遺跡であるかの違い。

『生きた』とはどういうことか。それは妖精族が棲《す》みついているということだ。


学園街から馬車で半日という場所に大きな森がある。森の危険度を示すランクは最高ランクに近いA。そしてランクが高くなればなるほど魔獣が森を出ることはない。縄張り意識が強くなるためだ。魔獣の数は安定し、森から溢《あふ》れることもなくなる。人がそこへ入るのは危険だが、この森が王都にほど近いとあってもそれほど脅威ではないのだ。

先頭を歩くティアに、ルクスがこれから行くダンジョンについて尋《たず》ねる。

「こんな場所に、本当に妖精王の棲《す》むダンジョンがあるのか？」

マティが草を踏みならして進んでいく森は、もう何十年も人が入っていないのではないかと思えるほど、草木が伸び放題となっていた。

「うん。『赤白《せきはく》の宮殿』っていうダンジョン。多分、最高難度のダンジョンだと思うよ。階層はそんなに多くないんだけどね。妖精王がいるダンジョンだから、棲《す》んでる妖精達もベテランっていうか、優秀なのが多いんだ」

階層の数は、ダンジョンによって様々。ほんの数階しかないものから、五十階を超えるものまである。

「王都が近いから、知名度も高そうなものだけど、本当に知られてないんだね。まあ、私も最近まで忘れてたんだけど」

つい先日、ギルドに寄って確認したのだが、フリーデル王国にあるダンジョンは二つと認識されていた。東の端と北の端にあるダンジョンだ。けれど、実際はあと二つ存在している。しかも、どちらも同じ森にだ。そこにはクィーグの隠れ里があるので、シルならば知っているかと思ったのだが、生憎《あいにく》一つしか知らないという。

「これから行く『赤白《せきはく》の宮殿』が王のいるダンジョン。そんでもう少し奥に行ったところに、お試し用の『琥珀《こはく》の迷宮』っていうダンジョンがあってね。主に個人の訓練用に使われてたダンジョンなんだけど……シルが知ってるのはそっちかな？　確か、シルの一族が優先的に訓練できるようになってたはずなんだけど」

その昔、個々人の強さによって難易度が変えられるダンジョンがあったら良いのにとマティアスが言った。そんなマティアスのために妖精王が用意したのが『琥珀《こはく》の迷宮』らしい。それからというもの、隠し里に近いこともあり、クィーグ一族がよく利用するようになったのだ。

「はい。『琥珀《こはく》の迷宮』と呼ばれる場所には、訓練のために昔から潜《もぐ》っていました。ですが、もう一つダンジョンがあったとは……ドワーフが武器屋を構える洞窟《どうくつ》なら近くにありましたけれど」

「それが『赤白《せきはく》の宮殿』だよ？」

「……」

どうやら武器屋は利用していても、その奥へ行ったことはないらしい。一族は、どういう情報管理をしていたのだろうとティアは心配になる。

そこでルクスが怪訝《けげん》そうな顔をした。

「ドワーフの武器屋？　それがダンジョンの中にあるのか？　そういえば……ギルドでそんな話を聞いたことがある。どっかの森の洞窟《どうくつ》にそんな店があるって。ただ、Aランクになった者しか行ってはいけないとかなんとか」

その噂《うわさ》は冒険者の間で伝説的なものになっているらしい。

「まあ、行ってみてのお楽しみかな。それより……なんでか待ち伏せされてんだけど」

ティアは先ほどから、向かう先によく知る気配を感じていた。それも複数。外に出てくるのが珍しい人までいる。

遅ればせながらそれに気付いたルクスは、分かりやすく眉を寄せた。

「なんでこんなところに……」

少々開《ひら》けた場所でティア達を待っていたのは、シェリス達『豪嵐《ごうらん》』のメンバーだった。

◆ ◆ ◆

ヒュースリー伯爵領の領都サルバ。その冒険者ギルドのマスターは、ジルバール・エルースという名のエルフだ。だが、それは里長《さとおさ》としての名であり、旧友達《きゅうゆう》は未《いま》だに改名前のシェリス・フィスマの名で呼ぶ。シェリスが溺愛するティアもシェリーという愛称で呼んでいるので、彼も自分の名前はシェリスだと思っていた。

そんなシェリスは、今朝ティアに聞いた予定を思い出し、昼前から猛然と仕事をこなしていた。明日は休息日ということもあり、決裁すべき書類が一週間の中で最も多い。

それでも昼までには全て終えられるだろうと見通しが立っていた。

予定通り仕事を終えると、彼はマスター代理のビザンと受付嬢のマーナを呼びつけた。

「お呼びでしょうか」

シェリスがこうして二人を呼び出すのは珍しいことだ。それこそ、面倒なギルドマスターの代表会議に出かける時くらいしかない。だが、その代表会議は五年に一度。次の開催は来年のはずだ。シェリスがわざわざ代理を頼んでまで出かけなくてはならない案件とはなんだと二人は身構えている。そこへシェリスがあっさり告げた。

「少し出かけてきます。ティアと別の知人に会いに、午後から明後日《あさって》まで席を空けますので、留守を頼みましたよ」

これを聞いた二人は、ぽかんと口を開けた。それがあまりにも滑稽《こっけい》に見えて、シェリスは見苦しいと目を細める。

「なんです？」

「えっ？　いえ、マスターが人に会いに行くとは思わなかったので……」

正直な感想がビザンの口から出た。それに少々思うところはあったが、そういえばシェリス自身、わざわざ友人に会いに行くというのはしたことがない。王に呼ばれても、里から呼ばれても、頑《がん》として動かなかったのだ。珍しいと思われても仕方がない。

「言いたいことはそれだけですか？　それならば出かけますので、後を頼みます」

シェリスは用意してあった外套《がいとう》や、かつて愛用していた鞄《かばん》と杖などを手に取る。それを見て固まっている二人にちらりと視線をやっただけで、そのまま部屋を出た。少々浮かれた表情を見せないように気を付けながらだ。

飛竜《ひりゅう》発着場に向かうと、そこにカルツォーネの姿を見つけて驚く。

「やあ、シェリー。考えることは一緒だね」

「……気配を消してくるのは止めてください」

「良いじゃないか、たまには」

カルツォーネの顔には『抜け駆けは許さないよ』と書いてあった。

ティアが今日向かうと言っていたダンジョン。そこに護衛のルクスがついてくるのは予想できた。だが、彼にとっては馴染《なじ》みのない場所だ。途中ではぐれれば、シェリスとティアの二人でダンジョンデートができるだろう。一緒に話を聞いていたカルツォーネが、そんな企《たくら》みに気付かないとは思わなかったが、シェリスとしては遠慮しろと言いたかった。

「ちょっとは気を遣うとかしたらどうです？」

「んん？　ああ、ティアとダンジョンデートでもしようと計画していたことについてかな？　ダメだよ。こういうのはみんなで楽しまなきゃ。ティアだってそう言うよ？」

「っ……」

カルツォーネはティアと共に出かけることが多い。だが、シェリスは今までそのような機会がなかった。ギルドマスターである自分が一緒にクエストを受けるわけにはいかないので、必死に我慢していたのだ。

「不満そうな顔だねぇ。良いじゃないか。それに約束が一つ叶うよ。ティアが大きくなったら一緒に冒険しようっていう、あの頃の約束がね」

「……ええ……」

そう。確かに約束していた。解散してしまった『豪嵐《ごうらん》』……世界最強の冒険者パーティは、とても居心地がよかった。他人嫌いなシェリスが、初めて一緒にいたいと思った仲間達。けれどそれでも終わりはくる。パーティを引っ張ってきたマティアスの寿命が近いと知ったメンバーは、最期ぐらいは愛する人とゆっくりしてほしいと思い、解散を決めたのだ。

そして、シェリスも里に帰らなくてはならなかった。気が重かったし、何よりティアと一緒にいたかった。だから、シェリスは別れの時に最後まで残っていたカルツォーネと約束したのだ。任期の百年が経って里から出られたら、ティアを誘って一緒に冒険しようと。

それなのにティアは死んでしまうし、カルツォーネは王になるし、シェリスは冒険すらも自由にできないギルドマスターになってしまった。

「長かったですね……」

「そうだね。けど、今から楽しみだっ。久しぶりに君の魔術が見られるよ」

カルツォーネもシェリスと出かけられるのが嬉しいらしいと分かり、シェリスは自身の中にある一つの感情に気付いた。

「ええ……楽しみです」

そう。あの頃のように、わくわくと胸が高鳴る。マティアス達と旅をするのは楽しかった。明日、どんなクエストを受けようか。どこに行こうか。そんな他愛のない話ができるのが嬉しかったのだ。あの頃と変わらない思い。それが湧き出して止まらない。

シェリスはグリフォンに、カルツォーネは天馬に跨《また》がり、目的の場所へ進路を取る。

向かうのは『赤白《せきはく》の宮殿』。昔の遊び場の一つだ。パーティで好き勝手に改造した記憶がある。ティアと一緒に充分楽しめるだろう。

久しぶりだからと杖の具合を見ながら飛んでいれば、並んで飛ぶカルツォーネが不意に気分を下げる一言を告げた。

「あっ、サク姐《ねえ》も来るってさ。楽しみだね」

「……カル……わざとですか？」

分かっていてそれを今言ったのだろうと、シェリスはカルツォーネを睨《にら》みつけたのだった。

◆　◆　◆

ダンジョンの中を進むのはティア、ルクス、シル、シェリス、カルツォーネ、サクヤの六人。そしてマティとフラムの二頭だ。

「初《しょ》っ端《ぱな》から良いの出してくるね」

「ホーンラットの群れの後にキングベアとは……これは、明らかにマティのオーダーでしょう」

今いるのは二階層。一階層には、ホーンラットという少々大きめの角を持つネズミが多かった。それをサクサクと斬り捨てて進み、特に見る場所もないと、あっさり二階層へ。

シェリスの話によれば、この二階層にはドワーフの店があるらしい。挨拶《あいさつ》をしようとそちらへ向かっているのだが、角を曲がるごとにキングベアという大きな熊が一体ずつ現れるのだ。

「妖精さんって律儀《りちぎ》だねぇ。確かに一体ずつじゃないと、普通の冒険者のパーティはここで全滅しちゃうだろうけど。なんか、待っててもらってすいませんって感じ」

「面倒ですから、まとめて出してもらった方が良いのですけどね。そこは彼らのポリシー

なのでしょう」

ティア達には少々というか、だいぶ退屈な内容だ。予想外のハプニングとか起こしてくれないかな、と何気にリクエストしていたりする。

《マティも遊びたい～》

「はいはい。いいよ。十階層までこんな感じだから、先頭いってみる？」

《みる～っ》

日頃、元の姿で走り回ることもできないマティだが、ここでは本来の大きさになって進んでいる。人の気配がないようなので、今は楽しんでもいいだろう。

《でも、ちょっと狭いね》

「そうかな。ねぇ、確か五階層からだったよね？　妖精さん達が空間まで弄《いじ》ってくれてるのって」

今まで通ってきた場所は、広めではあるものの、迷路になった洞窟《どうくつ》のような場所だ。通路は薄暗く、陰鬱《いんうつ》な気配が濃い。

ティアの問いかけに、後ろにいるカルツォーネが答える。

「ああ。五階層から十階層までは緑の草原や森のフィールドだったはずだ。そこからは一気に空間が広がるね」

《広いの？　わぁいっ》

《キュキュ〜》

キングベアを前足一本で殴り倒して進みながら喜ぶマティに、サクヤが補足する。

「でも、そうなるとこうやって明確な通路がある場所よりも、下の階層への入り口が見つけにくくなるのよ？」

それぞれの階層には、下への階段がある。その場所は階層によって違うため、当然だが探さなければならない。

この二階層や一階層のように迷路となっているならば、どこかの通路の先に階段があるが、フィールドと呼ばれる通路のない場所では、どこに階段があるか分かりにくいのだ。

「話には聞いたことがあるが、本当にこんな場所に森があるのか？」

ルクスはダンジョンという場所へ入った経験がない。今いるのはただの洞窟《どうくつ》といった様子で、入り口の雰囲気からも予想できた景色だ。それが地下に入っていけば草原や森になると言われても、容易には想像できないだろう。

「そう。妖精の力でね。本来はただの広い洞窟《どうくつ》なんだけど、それを幻惑の力で森や平原に見せてるの」

《本物じゃないってこと？》

そう言いながら、マティはまたしても現れたキングベアを前足ではたき倒す。

「そういうこと」

「いまいち想像できないな」

この『赤白《せきはく》の宮殿』には、様々なフィールドが設定されている。

五階層から十階層までは草原や森の、緑のフィールド。

十一階層から十五階層までは砂漠の、白のフィールド。

十六階層から二十階層までは火山地帯の、赤のフィールド。

二十一階層から二十五階層までは雪と氷の、青のフィールド。

二十六階層から二十九階層までは迷宮の、黒のフィールド。

それらは全て、妖精達の力によって本物そっくりに再現されているのだ。そして、妖精の力を何よりも分かりやすく実感できるのが、現れる魔獣達だった。

《ねえ、主《あるじ》～。さっきからマティのお肉が手に入らないんだけど》

そんな不満を、マティは今さっき倒したばかりのキングベアへと目を向けながら言った。そのキングベアの遺体は、結晶が割れるようにキラキラとした光に包まれて、残像を残しながら跡形もなく消えてしまう。

「あ、そっか。ごめん、マティ。言ってなかったね。ダンジョンの中には、本物の魔獣はいないんだよ。これも全部、妖精が作り出したものだからね」

《えぇぇぇえっ》

そう。ダンジョンの中に現れる魔獣達は、その強さや習性、呼吸や鳴き声まで、本物と寸分違《たが》わぬよう妖精達の力によって再現されているのだ。

ただし、幻影だからといって油断してはならない。攻撃された結果は現実のものとなるからだ。

だが幻影であるため遺体は残らず、肉も手に入らない。そして、本物と違うことがもう一つ。

《あれ？　なんかあるよ？》

「うん。回復薬かな？　ドロップ品としては一般的だね」

遺体が消えた場所にコロンと転がった瓶。それはキングベアを倒したことによる報酬のようなものだった。拾ったシェリスが一目で中身の鑑定をする。

「品質が悪いですね。この先で売りますか」

ドワーフの武器屋では、これらを売ることもできるのだ。とはいっても、恐らくまたドロップ品として利用されるだけだろう。

「そういえば、昔はシェリーの作った薬もドロップ品として使われてたはずだけど、さすがにもう在庫はないのかな」

カルツォーネの言葉でシェリスも昔を思い出す。

「でしょうね。かなりの量を渡しましたが、もう五百年以上経っていますから」

新薬の開発のために作った薬や、感覚が鈍《にぶ》らないように量産していた回復薬などを、売るのも面倒くさいからといって妖精達に渡したらしい。

「あんたが要《い》らなくても、結構なプレミアものだっただろうけどね」

サクヤが呆れるのも無理はない。シェリスにとっては在庫処分だが、それをドロップ品として手に入れた者達は幸運だろう。シェリスの薬は、間違いなく多くの者の命を救ったはずだ。

それを聞いてティアも手持ちの薬を思い浮かべる。

「せっかくだから私も断捨離《だんしゃり》しとこうかな」

「そうですね。最後に捨てて帰りましょう」

ティアやシェリスにとっては、どれほど品質の良い薬だろうと、実験や暇潰しで作った薬など、あっても邪魔にしかならない物なのだった。

「ここですね」

「うん。間違いないね」

ドワーフの店へと辿《たど》り着いたティア達は、この階層に不似合いな店構えに戸惑いながらドアを開けた。

《いい音する》

《キュゥ～♪》

「フラム。ドアに挟まらないようにね」

《キュゥ》

ガラス張りのドアの上には、小さな鐘がぶら下がっていたのだ。高すぎず低すぎないその音は、耳に心地良く響いた。

その音を気に入ったフラムが、何度も鐘に触れて、ドアが閉まってからも鳴らす。

マティは本来の大きさでは店に入れないと考え、早々に体を普段の子犬サイズに戻している。フラムが鐘で遊ぶのを、お座りをして羨《うらや》ましそうに見上げていた。

「それにしても……なんか武器屋って雰囲気じゃないよね？」

店構えを見た時も思ったが、武器屋らしい武骨な感じではない。オシャレな喫茶店と言っても過言《かごん》ではない、茶色と白を基調とした店だった。

「詐欺ギツネの趣味です」

「へ？　サク姐《ねえ》さんの？」

シェリスの嫌そうな呟《つぶや》きを聞いてティアはサクヤを見る。すると、サクヤが胸を張って答えた。

「この階層の雰囲気が暗いから、ちょっとほっとできる空間を、って提案したのよ」

「あ～、なるほど。確かにちょい安心するかも」

薄暗い通路を歩いてきた先に、こんな店があれば、陰鬱《いんうつ》な気分が一気に和《やわ》らぐだろう。何より、店内は明るかった。

「奥に休憩用のスペースがあるでしょ？　転移の扉と登録の宝玉《ほうぎょく》がそこにあるはずよ」

それぞれの階層には、地上へと繋がる扉が用意されている。これも、妖精達の力によって転移させるもので、妖精の棲《す》んでいないただの遺跡にはない仕掛けだ。

「ついでだから、登録しとく？」

そう提案すると、シェリスが同意を示す。

「そうですね。確か、記録は百年しかもたないのでしたか」

「うん。シェリー達もだけど、私の場合、ティアとして来たのは初だし……」

転移の扉の傍《そば》には大抵、登録用の宝玉《ほうぎょく》がある。これに登録することによって、一度このダンジョンへ挑戦した者は、地上から一気に転移させてもらうことが可能になるのだ。

ドワーフの店があるこの階層では、いつでも買い物に来られるようにするためか、店の中でも登録できるようになっていた。

シルがここをダンジョンだと認識していなかったのは、どうやらまだ幼い頃に一度入り口から入っただけで、それ以降はこの宝玉《ほうぎょく》によって店に直接転移してきていたからのようだ。

「ルクスもおいでよ。ここはサルバのギグスさんの店みたいに人を選ばないから、いつでも来られるよ。もうすぐAランクにもなれそうだし、武器の整備は絶対ドワーフの人に頼んだ方がいい」

「あ、ああ」

休憩スペースの入り口に置かれた宝玉《ほうぎょく》に、ティア達がそれぞれ手を翳《かざ》し、魔力を覚えさせる。そうして登録を済ませると、ティアはキョロキョロと店内を見回した。

「さぁてと、それでここの店主は……うん？」

気配はあるなと、カウンターへ近付く。その奥へじっと目を凝《こ》らしたティアは、壁に隠れるようにして少しだけ顔を覗《のぞ》かせる人物に気付き、思わず眉を寄せた。その容姿は一般的なドワーフとは違っている。

「新種？」

「ほぉ、確かにドワーフにしては細すぎますね」

「うん。なんだろう。ちょいイラっとする」

「店ごと潰しますか？」

「ひっ、ちょ、ちょっとお待ちくださいぃぃぃぃっ」

ティアとシェリスの言葉を聞いて泣きながら出てきたのは、ただの気弱な少年にしか見えないドワーフだった。

「やめてくださいぃ。うぅっ、妖精さんっ、本当にこの人達、この姿のままでも安全なんですか!?」

真っ青になりながら目をキョロキョロと動かし、姿の見えない妖精へと問いかける少年。

その時カウンターの上に、光が急激に集まっていく。そこに現れたのは、精霊達よりも一回りほど大きい、スラリとした女性の姿の妖精だった。

キラキラと光を放つ二対《につい》の羽を持っており、薄く透き通るそれがとても綺麗だ。

《まったく、情けない声出すんじゃないわよっ》

「だ、だってぇ～」

《泣くなっ、鬱陶《うっとう》しい！》

「ひぃっくっ」

《だから泣くなっつってんでしょっ！》

なんだか世話焼き姉さんと、手のかかる弟を見ているようだ。

妖精は、キラキラと光の粉を残しながら飛び回る。小さな細い腕で、少年の髪を引っ張っていた。

「あの男の子がここの店主なのかな？　だとしたら不安だね……」

ティア以外の皆も同じ意見らしく、カルツォーネが苦笑を浮かべて頬を掻《か》く。

「横柄《おうへい》な冒険者が来たら、面白いほど怯《おび》えながらタダで商品を差し出しそうだね」

「良くても安く買い叩かれるのがオチね」

サクヤの意見に同意しながら、ティア達は店主と思《おぼ》しき少年を気の毒そうに見つめた。

《ホントにグズなんだからっ。……ごめんなさい『豪嵐《ごうらん》』の方々。ご挨拶《あいさつ》が遅れました。五階層までを統括しております、パールファンムと申します。どうぞ、パールとお呼びください》

カウンターの上へと舞い降りたパールファンムは、そう言って頭を下げた。それにシエリスが応じる。

「そうですか」

《えぇっと……それだけですか……？　いえ、なんでもないです……》

パールファンムとしては、もっと他に言葉があっても良いのではと思ったようだ。だが、シェリスの目は冷めていて、見るからにどうでもよさそうだ。

「ねぇ、お姉さん？　その彼がここの店主で間違いないんだよね？」

空気を変えようと、ティアはパールファンムに尋《たず》ねた。しかし、パールファンムは胡《う》乱《ろん》げに目を細めてティアを見る。

《あなた……何者？　人族よね？　それにしては、おかしな気配がするんだけど？》

「え？　おかしい？」

そんなパールファンムの言葉に、ティアは首を傾《かし》げる。だが、それよりも過剰に反応した者がいた。

「ティアに妙な言いがかりをっ……」

《っ!?》

一気に温度が低くなったように感じて、ティアはビクリと身を震わせる。

シェリスの怒りの波動を受けたパールファンムは、その場に凍《こお》りついていた。

「ちょっ、シェリー。別に良いって。確かに、ちょいおかしいのは間違いじゃないからさっ」

慌ててティアがフォローに入る。

「何を言っているのですか。ティアはティアです。それ以上でもそれ以下でもありませんっ」

「あっ、う、うん……」

なんだか熱い返事が返ってきたことに、慣れているはずのティアもタジタジだ。

そんな二人の様子を、パールファンムとドワーフの少年は口をポカンと開けて見ていた。

カルツォーネ達でさえ、いつの間にか距離を取っている。

「ティアがどんな姿になっても私には分かりますっ。もしもティアが魔獣に生まれ変わって、未開の樹海の中や、海の中にいたとしても、私は迎えに行きましたよっ」

「そ、そっか。苦労させずに済んでヨカッタヨ……」

シェリスならば本当にやっていたかもしれないと思ってしまうから困る。だが、とにかく落ち着いてほしい。ここには、未《いま》だティアがサティアの生まれ変わりであると知らないルクスもいるのだから。

少しばかり遠い目をしたのがバレたのか、シェリスが詰め寄ってくる。

「ティア。この想いを理解していただけていますかっ?」

「え〜っと……ウン……充分伝わってるからね。落ち着いてクダサイ……」

「ならば、抱きしめてもいいですよねっ」

「なんでっ⁉」

シェリスの暴走はこの後もしばらく続いたが、なんとか落ち着いたところで、ティアは再びパールファンムへと問いかけた。

「それで、そこの彼がここの店主で間違いないんだよね？」

《……は、はいっ》

未《いま》だ呆然としていたパールファンムだが、先ほどのことでティアへの接し方に気を付けねばと思ったのだろう。改まった様子で慌てて返事をした。

「そっか。でも、今までよく無事だったね。実は結構強い……ようには見えないけど……交渉術がすごいとか？」

この場所に来られるのは実力がある冒険者だけだ。しかし、実際は入場制限があるわけではないので、数の力で押すか、強い者を雇《やと》えば辿《たど》り着くことも可能だろう。しかもここは二階層。距離的には入り口からそこまで遠くはない。時には強引な冒険者も客として現れるはずだ。

ただし、ティアが前世で初めてこのダンジョンへ来た頃は、この店は五階層にあった。よって、本当に実力のある者しか来ることができなかったのだ。それでも力自慢の荒くれ者達は来ていたし、ドワーフの職人はそんな厄介な輩《やから》と渡り合っていたのである。

しかし、店主である少年からは、ドワーフ然とした頑固で屈強な感じを受けない。ひ弱そうな細腕に、怯《おび》えの滲《にじ》む表情。何より、小さなパールファンムの後ろに隠れようとする態度では、不安の一言に尽きる。

たとえ訪れる者がごく少数になっていたとしても、横柄《おうへい》な冒険者を相手取れるようには見えなかった。この疑問に、パールファンムが答える。

《いつもは私の幻術で、ドワーフらしく見せているんです。けど、今日は『豪嵐《ごうらん》』の方々が相手ですし……偽《いつわ》りの姿を見せるのは失礼かと思いまして》

「……なるほどね。納得したわ」

子どもであるティアにさえも怯《おび》えるのはどうかと思うが、店は問題なく営業できているようだ。いかにも世話焼きなパールファンムが保護者役ならば、今後も大丈夫そうだと思えた。

疑問が解決したことで、次は店内にある武器へと目を向ける。

「この辺の物もあなたが作ったんだね……うん。良い腕だね」

武器に宿った魔力の波動は、間違いなく少年のものだ。その出来は手にするまでもなく、多くの武器を見てきたティアには分かる。

領都サルバでティアの武器を作ってくれているドワーフのギグス。彼が作るものと比べても遜色《そんしょく》ない出来だった。

「あの……わ、分かる……の……？」

少年も職人だ。自分の作った物に興味を抱いてくれた相手に対しては、心を開きやすい。この機会を逃すべきではないと思ったティアは、アイテムボックスからレディスハルバードという名の武器を取り出して見せた。

「あ、これ見てみる？　ギグスさんっていう、サルバで店を開いてるドワーフの人の作だよ？」

「っ……これっ、ギグスさんのっ。すごいっ、この武器っ……親方の家に飾ってあったやつだっ」

「ははっ。今じゃあ、ドワーフ族でもハルバードは作ってないんだってね。ギグスさんも、作るの大変だったみたい」

「うわあ、柄《え》と重心とのバランスが難しそう。刃の向きと反り具合が絶妙で……へぇ～」

先ほどまでの怯《おび》えた感じはどこへいったのか。それなりに重さのあるハルバードを、細腕で軽く扱う少年に驚く。

「ふふっ。やっぱりドワーフだね。なんなら、こっちも見る？」

そう言ってティアが取り出したのは、今のティアには扱えない『紅姫《べにひめ》』という武器だった。

「これ、君が使うの？」

受け取った『紅姫』を見て、少年は怪訝《けげん》な顔をする。その大きさや重さから、ティアが扱うには力どころか身長さえ足りないと思ったのだろう。

「あぁ。そっか。『武器は使い手を選ぶ』んだもんね。ちょい待って……【時回廊《ときかいろう》】」

「え……えぇぇぇぇっ!?」

《うそ……何それっ》

この場に一般人がいないのを良いことに、ティアはバトラールモードになった。神属性の魔術で大人の姿になったのだ。

ドワーフは『武器は持つべき者を選ぶ』という信念のもとに武器を作り、持つべき者へと託すことを役目としている。使い手の体に合わない武器を渡すなどもってのほかだ。それが分かっていたティアは、自分に不信感を持ちそうな少年に、根拠を提示したのだ。

「この姿の時の、専用武器なんだ。あと十年ちょいで、本来の姿でも使えるようにはなるけどね」

「すごい……あ、ぼ、僕の名前はダスバ。あの、あなたのお名前を教えてください」

間違いなく『紅姫』の使い手に相応《ふさわ》しいと見たダスバは、手にしていた『紅姫』をティアへと渡しながら、先ほどとは打って変わって、まっすぐにティアを見つめた。

ティアは満足げに笑みを浮かべて答える。

「ティアで良いよ。あ、けど、この姿の時はバトラール・フィスマって呼んでね」

そう言ってウィンクを一つ。「ティアさん……」と口にしながら頷《うなず》くダスバの横で、パールファンムが顎《あご》に手を当て、考え込むように首を傾《かし》げた。

《バトラール……？》

その呟《つぶや》きは、ティアやシェリスの耳にも届いていた。

パールファンムは妖精だ。妖精族の寿命は軽く千年を超える。だから、バトラール・フィスマの名を聞いた時、懐《なつ》かしさと同時に引っかかりを覚えたのだろう。

《バトラールって……それが名なのですか？》

その名を持つ国を、パールファンムは知っていた。そして、それを名乗った人物をも知っていたのだ。

「そうだよ。あの時は会ってないけど、お姉さんの気配はなんとなく覚えてる」

《どういう意味……？》

そう尋《たず》ねられたティアは、小さな声で説明する。

「私のかつての名前はサティア・ミュア・バトラール。『豪嵐《ごうらん》』のマティアス・ディストレアの娘だよ」

《うそっ。あ……同じ気配っ。そうだっ。この不思議な魔力の波動……間違いない》

パールファンムは驚きのためか、忙《せわ》しなくティアの周りを飛び回る。

「ふふっ。ここへ来た時は……【解除】。こっちの姿に近い年頃だったよね」

姿を本来のものに戻したティアは、パールファンムに子どもらしい笑顔を向けた。

《そう……そうだった。あの妙な武器でダンジョンを攻略して……すごい勢いだったのよね……》

パールファンムは、当時のことを鮮明に思い出したらしい。微妙な表情で遠いところを見ていた。

ちなみにサティアが当時使ったのは、今シルが腰に提《さ》げている拳鍔《けんつば》と同じ物だった。作ったばかりの武器の使い勝手を、それはもう生き生きと確認したのだ。パールファンム達にとって、あれは悪夢だったらしい。

そんな話をした後、そろそろ日も暮れてくるからとダスバの店を出たティア達は、ダンジョンを順調に進み、あっという間に複数の階層を制覇していった。

第四章　女神と一緒に冒険を

《ねぇ、主《あるじ》。あそこが階段みたい》
今歩いているのは十階層。六階層から始まった緑のフィールドは、分かりやすく言えば、ただの広大な森だ。道と呼べるところは獣道《けものみち》程度には均《なら》されている。とはいえ、地図はないので次の階層へ行くための階段を探すのは本来とても苦労するのだ。
しかし、マティやフラムの野生の勘に、一流の冒険者である『豪嵐《ごうらん》』のメンバーの経験則。何より、気配察知能力を極めているティア達には、ある程度の構造は理解できる。
「本当だ。すごいね、マティ」
《えへへ。でも敵が弱くてちょっと退屈～》
《キュっ、キュ～ゥ》
《フラムも、これじゃあ活躍できないって》
「あ～……二十階層まで我慢しようか……」
ここまでマティとフラムが先頭に立ち、全ての魔獣を蹴散《けち》らしていた。それはもうあっさりと。ゆっくりと歩くペースが崩れることもなく、十階層まで無事に辿《たど》り着いてしまったのだ。

「次は砂かぁ……あそこは歩きにくいんだよね……」

五階層から十階層に展開されていた草原と森のフィールドから、一気に植物が消えて砂のフィールドとなる。

特になんの問題もなく、ティア達は階段を下り、そこに辿《たど》り着いた。

《なんか……あったかい？》

階段を下りる間にも、下からは熱気が上がってきていた。それは温風となってティア達へと吹きつける。

「気温までこんなに変わるのか」

ルクスは感心しきりだ。緑のフィールドも、地下らしくない暖かさだった。だが、ここはその比ではない。息苦しく感じるくらいの温度と湿度。じっとりと汗も滲《にじ》み出す。

周りを見れば砂丘《さきゅう》がいくつもあり、石でできた荒廃した建物が点在していた。もちろん、これらも妖精達の力によって、この場所に再現されているだけだ。先ほどまでの緑のフィールドもそうだったが、上を見上げればしっかりと青空があった。

強すぎるほどの日光と熱が降り注ぎ、辺りを明るく、白く見せている。

《うぅ～……マティ、暑いのキライ……》

《キュ～……》

《あ、フラムも？　やっぱり、誰にでも適温っていうのがあるよね。暑すぎるのも寒すぎるのも、体には良くないと思うんだ》

軟弱なことを言いながらもマティとフラムは、初めて見る砂の大地に興味津々《しんしん》といった様子で、足で感触を確かめながら歩いている。

「私も暑いのはあんまり好きじゃないなぁ……」

そんな呟《つぶや》きを漏らしながら、手で日除《ひよ》けを作り、青すぎる空を見上げていれば、不意に薄い布をふわりと被せられた。

「作り出された環境だとしても、この暑さは本物ですから、焼けてしまいますよ」

シェリスは大きな薄布でティアの頭から腕までをゆったりと覆《おお》った。

「シェリーのが焼けちゃいそう……待って。今風を……」

「いえ。私がやります」

女性よりもキメの細かい白肌を持つシェリスに言われてはと思い、ティアは風の膜を作り出し、周りの温度を下げようとした。だが、自分がやると言ってシェリスが止める。

「こんなことで、あなたの手を煩《わずら》わせたりしませんよ」

「……ありがとう」

シェリスが素早く風の膜を作り、ティア達を覆《おお》ったことによって、照りつける日射しが和《やわ》らぎ、周りの気温も下がった。シェリスは珍しく仲間全員に術を施《ほどこ》していたのだ。

それにティアが驚いていると、カルツォーネが小さな声で教えてくれた。

「昔はね。こういったことを担当するのがシェリーの役目だったんだよ」

「へぇ……知らなかった」

シェリスはティアの母マティアスと一番長く行動していた。破天荒《はてんこう》なマティアスに振り回され続けたこともあり、パーティの中では気の利く世話好きで通っていたという。

それはサクヤも認めるところであるらしい。

「そうじゃなきゃ、面倒くさいギルドマスターなんてできっこないわよ」

「それは一理ある」

ティア達がコソコソと話している間、シェリスはマティとフラムに懐《なつ》かれていた。

《わぁ～いっ。涼しくなったぁ。マスターありがとう》

《キュゥ～》

暑さでだらけそうになっていたマティとフラムは、一気に過ごしやすい温度になったことで、存分に砂と戯《たわむ》れることができるとはしゃいでいる。

「マティ。フラム。油断しないで。このフィールドは、さっきの森よりも魔物が多いからね」
《あ、虫系？》
コテンと首を傾《かし》げてマティが尋《たず》ねる。
「虫……ではないけど、強力な毒持ちばかりだから、触る前に消滅させるのが鉄則だよ」
《はぁ～いっ》
魔物と呼ばれるものは、魔獣とは違う。虫や植物が魔素《まそ》を取り込んだことで変異してしまったものだ。その多くは巨大化し、捕食のための知恵を最大限に働かせる。特に植物の魔物はそれが顕著《けんちょ》で、いかに捕食するかということのみに特化していた。
「確か、この初めの階層には、そんなに強い毒を持たない、キャクターという魔物を設定していたはずだけどね」
カルツォーネが記憶を探りながら口にした、その時だった。
《なんかモゾモゾ来たぁぁあっ》
《キュキュキュッ！》
目の前に広がる砂地に、突如としてトゲを持つ巨大な緑の玉が姿を現した。キャクターと呼ばれるその魔物は植物の部類に入るため、目や口はない。
「あれ？　ちょっと大きくない？」

前に来た時と違うなと、ティアは首を傾《かし》げた。サクヤもこんなのは初めて見るなと珍しそうにしながら、ついでに気配を読む。

「そうね。ただその分、数が少なくなってる」

「あ、本当だ。昔は一抱えできるくらいの大きさのが百匹だったのに」

キャクターという魔物は通常、子どもが一抱えできるくらいの大きさなのだ。だが、目の前にいるのはそれよりずっと大きい。

「十……十五……二十……ざっと五十に満たないくらいですね。ただ、大きさはティアの身長よりありますが……」

「うん。なんでだろ。あの頃より育ったってこと？」

どう対処しようかなと、ティア達は歩みを緩《ゆる》める。

魔物の群れまで約百メールといったところ。だが、その大きさのせいで、ティアには距離感が掴みにくかった。

「マティ。ちょい待っ……あっ、しまった」

《うん？》

前を行くマティが片足を上げたまま動きを止める。だが、もう遅かった。

「目測を誤ったわ……」

「はい。敵の射程に入りました」

シルの言葉に、そんな冷静な分析は要《い》らんと思いながらも、ティアはゆっくりと動き出すキャラクター達を目で捉《とら》える。そして、『豪嵐《ごうらん》』のメンバーの判断は速かった。

「マティ。距離を取りますよ」

シェリスは、そう口にしながらティアを抱き上げ、そのままマティに飛び乗る。

「わわっ」

ルクス達は既に後方へと走り出していた。魔術で身体強化しながら駆けているので、かなりの速度だ。ダンジョンの入り口まで乗ってきた天馬やグリフォン、馬達はドワーフの店に預けてきたため、ここにはいない。それが少々悔やまれた。しかし、そこは『豪嵐《ごうらん》』のメンバーだ。カルツォーネが魔術で馬を四頭出現させる。

「乗ってくれ」

これに全員が飛び乗り、速度を上げた。先頭はシェリスとティアを乗せたマティだ。

「来ますよ」

《わ、分かったっ。逃げるんだね》

「違います。距離を取るんです」

《え〜っと……ラジャ！》

どちらも同じことなのだが、シェリスは逃げるという言葉を口にしたくないようだ。勢いをつけて一斉に転がり出したキャクターを見て、マティは急いで駆け出す。広いといっても、無限に広がっているわけではない。それが直感で分かっているマティは、本来のスピードではなく、少々速い馬くらいのスピードで走る。

それでも、距離はほとんど広がらない。キャクターの大きさも理由の一つであり、対策は急務だった。

「……う～ん……」

シェリスに抱きかかえられたままマティに乗っているティアは、追いかけてくるキャクターをシェリスの肩口から観察していた。

「どうしますか？　ティア」

「うん。それなんだけど……全部が司令塔みたいなんだよね……」

「はい？」

キャクターの退治方法が分からないティアではない。もちろん、シェリスも分かっている。ただ、大きさが明らかに普通ではないため、イレギュラーな動きをするのではないかと考え、様子を窺《うかが》っていたのだ。

結果、出た結論は本当にイレギュラーな存在だということだった。

「キャクターって、五十体につき一体の司令塔がいたじゃん？」

「はい。色の違うのを見つけて、核であるトゲを折るのが退治方法です」

「だよね。だから、それを探してたんだけど、全部に核があるみたいなんだよ」

「……全部ですか……」

「うん」

　キャクターの群れは司令塔である一体を潰せば、残りのものも動きを止め、萎《しぼ》んで死んでしまうのだ。そして、司令塔は砂に紛《まぎ》れるような白い色をしている。その一体をよく見ると、沢山あるトゲの中に、一本だけ黒く太いトゲがあるのだ。それが核になっており、このトゲを抜くか、折るかすれば良かった。

　この魔物は、生き物が近付くと回転しながら体へとくっつき、トゲから溶解液を出して捕食し、養分として吸収しようとする。一つがくっつけば、それに続いて他のもくっつく。やがて司令塔がくっつくとその溶解液の毒素が一気に増し、取り付かれたものは死に至るのだ。

　それは、今ティア達へと向かってくるキャクター達も同じだろう。だが、ティアが観察したところ、全てのキャクターが黒いトゲを持っている。司令塔と思《おぼ》しき異なる体色のものはおらず、全ての個体に核があるらしい。つまり、これは群れではなく『個』の集合体なのだろう。

《あんなヤツら、マティとフラムでやっつけちゃうんだからっ》

そう宣言したマティは、一気に加速してから反転する。そして、転がってくるキャクターに向かって炎の弾を撃ち出した。

「あ、ダメだってっ！」

ティアの制止の声など、自信満々なマティとフラムには残念ながら聞こえていない。

《キュキュウゥゥっ》

マティの弾に力を与えるように、フラムも重ねて炎のブレスを吐いた。それが、正面に迫ってきていたキャクターへと殺到する。

「【風爆《ふうばく》】っ」

着弾を確認する前に、ティアはマティの足下で風の爆発を起こした。

それと同時に、シェリスがマティを中心に風の玉で結界を張る。

「【護風壁《ごふうへき》】」

これによりティア達は風の玉で守られながら、爆風の勢いを得て、この場からの急速な脱出が可能になった。

ボールが宙に放物線を描くように、ティア達はつかの間、空へと飛び上がる。

《と、飛んだ!?》
《キュゥ?》
その時、マティとフラムの炎の弾がキャクターへと着弾し、破裂した。
《う、うぎょ～……ドロドロなのが出た……》
《キュ～……》
破裂したキャクターは、内包していた溶解液を、先ほどまでティア達がいた辺りに撒《ま》き散らしていた。
「だからダメだって言ったじゃん……」
《くちゃいっ!》
《キュフ……っ》
無事に離れた場所へと着地したティア達だが、地面に着いたと同時に風の結界が解け、その臭《にお》いを感じることとなった。
「すぐ消えるんだけど、この一瞬が臭《くさ》いのよね……うっ、久しぶり感、ハンパないわ」
サクヤが鼻を押さえてうずくまる。獣人族の嗅覚《きゅうかく》にこれはきつい。
衝撃のあまり変化《へんげ》の術が中途半端に解け、耳と尻尾《しっぽ》が出ていた。
「あの溶解液も、素材としては良いものなんですが」

「うん。調合の仕方によっては、めっちゃ良い香りになるんだよね。でも採りたくないっ」

「同感です」

昔、シェリスに教えてもらってその調合法を知っているティアは、まさにこの場所で採取の練習を試みた。だが、今のように失敗して臭《くさ》さに辟易《へきえき》したのだ。今後実物に出会ってもやめようと思ったあの日を忘れない。

「あ～……ほら、マティ、フラム。退治方法を教えるから、頑張って全滅させるよ」

《あい……まだくちゃい気がする……》

《クキュ～ゥ……》

こうして巨大キャクター退治が始まった。

「いい？　本体を傷つけると、さっきみたいに爆発しちゃうから、黒いトゲだけを狙うんだよ？」

キャクターは本体を切られたり、魔術を当てられたりすると、溶解液を飛び散らせて自爆するのだ。

《えぇ～、でも、転がってるからトゲなんて見えないよ》

「それを見極めるの」

《うぅっ、なんてめんどくさい……》

「言わないで」

肝心のトゲが見えないほど速く回転するキャクター。その回転をなんとかして止めるか、トゲの部分を削《そ》ぎ落とせるようにタイミングを見極めるかしなくてはならない。

「大きい分、狙いやすくはあるんだけどね」

「硬さはどれくらいなんだろうな」

ルクスは、剣で斬れるものかどうか考えている。そこで、ティアは最近ルクスに教えた戦い方を提案した。

「ルクス。この前、魔術を込めて剣撃を放つやり方を教えたでしょ？　あれをやってみるといいよ。どのみち、この下の階層も毒持ちが多いから、離れて攻撃できた方がいい」

ダンジョンは元々修練のための場所だ。良い機会だろう。

「シルは風の魔術ができたよね。失敗しても良いように、ルクスの補佐を頼める？」

「承知しました。私も勉強させていただきます」

後で合流しようと言って、ルクスとシルは別方向へと離れていった。

「私達は、あれを避《よ》けながら次の階への道を探しておくよ」

カルツォーネとサクヤも後で連絡すると言って駆けていく。

残ったのはシェリスとティア、マティとフラムだ。こちらはこちらで楽しむとしよう。

「ティア。このまま私とマティが囮《おとり》になります。その間に」
「うん。フラム、ちょっと天井が不安だけど、乗せてくれる？」
《キュっ！》
任せろとでもいうように、途端に大きくなったフラムにティアが飛び乗る。
《え～、マティはこのまま？》
「文句を言わないように。ほら、少し回り込みますよ」
《うぅ……右カーブにご注意ください……》
マティとしては、自分も戦いたいと思っているのだ。そのため、渋々《しぶしぶ》といった様子でシェリスの指示に従った。すると、シェリスがため息混じりで訂正する。
「何も、戦ってはいけないとは言っていませんよ」
《えっ、ならっ！》
一気に加速し出したマティに、釘を刺すことも忘れない。
「ティアの邪魔をしなければの話です」
《……気を付けます……》
マティ自身、ティアの邪魔をするつもりはない。だが、つもりだけでは不充分だと、シェリスは言外《げんがい》に告げていた。

そんな会話が繰り広げられているとも知らないティアは、フラムに乗って眼下のキャクター達の動きを見極めていた。

「フラム。このままキャクターの上を飛んでね」

《おなじはやさ？》

「うん。頼むよ」

《はい》

天井がある分、あまり高度は上げられないが、キャクターの上を飛んでいれば、壁にぶつかる心配はなかった。

《ゆらさないほうがいい？》

「そうだね。なるべく」

《がんばる》

本来の大きさに戻ったことで念話《ねんわ》ができるようになったフラム。ティアの意思も感じ取っているので、ティアが何をやりたいのか分かっていた。

「ん？」

その時、マティがティアにちらりと視線を送った。同時にシェリスとも目が合い、頷《うなず》かれる。どうやら、マティの活躍の場を作ってほしいと言いたいようだ。

「あ、マティにも残せってことね。了解。なら、先頭を残すとして……後ろからいきますか」

集団で進むキャクター達を最後尾から倒していくことに決め、ティアはフラムの背中で立ち上がった。そして、最後尾のキャクターへと両手を翳《かざ》す。

魔力を高めながら目を細める。タイミングを計り、発動させた魔術は光の刃だ。

いくつもの細い刃は、過《あやま》たずキャクターの黒いトゲを真上から切り落としていく。

「……ふぅ……これで五、六体ってとこ？　めっちゃ目が疲れる……」

それを見ていたフラムは、フッと息を吹きかけるように小さな炎の球を吐き、一体のキャクターの黒いトゲを撃ち抜いた。

「おおっ、フラム、できるねぇ」

《でもむずかしい》

褒《ほ》められて嬉しいらしいが、タイミングや見極めは、やはり難しいようだ。

「慎重にね」

《はい》

そうしている間に、マティも健闘していた。

走りながら砂地に深めの穴を掘り、そこにキャクターを上手く誘導して落とす。すると、キャクターは獲物を見失ったと思い、大人しくなる。そして、しばらくすればその動きを止めるのだ。

そこへ駆け戻ったマティが覗《のぞ》き込むと、キャクターが穴から出ようと、ゆっくりと回転を始める。その時に見える黒いトゲを、マティは鋭い爪で折った。

そうして空《から》になった穴に、またキャクターが嵌《はま》る。それを繰り返し、先頭集団からも順調に退治が進んでいた。

「こっちは残り三体」

いい加減、目が疲れたなと思ったティアが呟《つぶや》く。すると、マティが一気に加速した。そして、キャクター達から距離を取ると、正面から迎え撃つように方向転換して止まる。

「あ、シェリー」

マティの背に乗っていたシェリスが光の弓を引いた。そこから放たれた三本の矢は、三体のキャクターの黒いトゲを正確に貫《つらぬ》いたのだった。

キャクターを無事殲滅《せんめつ》し終えたティア達は、ルクス達と合流する。

「そっちも倒せたみたいだね」

「なんとかな……」

どうやら問題なく倒せたようなのだが、ルクスは浮かない顔をしていた。

「どうかした?」

「いや、さっきから変な感じがするんだ」

「変?」

調子でも悪くしたかと心配していれば、階段を見つけたカルツォーネとサクヤのところに辿《たど》り着いた。すると、ルクスを見たサクヤが口を開く。

「ルクス君。呼ばれてるっぽいわよ?」

「えっと……ああ」

呼ばれていると言われて、ルクスが腑《ふ》に落ちたような顔をした。そこでカルツォーネも何かに思い当たったらしく、代わりに説明してくれる。

「ここにはファルが特別に用意した秘密の通路があるんだよ。ルクス君は、それへの挑戦権を得られたようだね」

「挑戦権?」

ファルとは初代学園長フェルマーの夫であった竜人族の男性だ。マートゥファルという名で、『豪嵐《ごうらん》』の最年少メンバーでもある。

どうやら何かに選ばれた者だけが、ファルが設定した特別な通路を通ることができるらしい。

「ルクス君。一人じゃ不安だろうから、あたしがついていってあげるわ。あのファルが設定したエリアだから、無茶な罠とかはないだろうけど、確認はしていないから気になるし」

マティアスが設定したなら命の危険もありそうだが、良心的なファルが手がけたところだ。心配はいらないだろう。それでもどうなっているのかサクヤは興味があるらしい。

「なら、一番下で待ってるから」

「ええ。ルクス君、行きましょう」

「分かりました。ティア、気を付けてな」

「うん。頑張ってね」

そうして、ルクスとサクヤとはここで別れることになったのだ。


「次は火山地帯の赤のフィールドだっけ？」

「ええ。岩場が多くて歩きづらいですから、マティに乗りましょう」

そう提案しながら階段を下りていくシェリス。

「う、うん……」

また一緒に乗るらしいと、ティアは苦笑して隣を歩くマティを見た。

「マティ大丈夫？」

先ほどまでの砂漠でも、ほとんどマティの背に乗っていたのだ。いくらマティでも、慣れない足場に疲れたのではないかと尋《たず》ねる。すると、マティはなんでもないことのように答えた。

《え？　うん。なんかね、キジュウとしてのレベルが上がりそう。いかに振動を伝えないようにするかとかね》

ティアとしてはマティをただの騎獣《きじゅう》扱いするつもりはないのだが、本人は満足そうだ。

「ははっ。何事も極めるのは悪くないね」

カルツォーネが褒《ほ》めると、マティは強く宣言する。

《うん。任せてっ。キュウキョクの乗り心地を実現させてみせるから》

「楽しみにしてるよ……」

どうやら何かに目覚めてしまったようだ。

初めてシェリスを乗せたことで、マティは最初、少々緊張気味だった。共にキャクターを引きつける役目をした時も、極力シェリスへ負担をかけない走り方を考えていたのだろう。

「今でも悪くない乗り心地ですがね」

《うん？　何？》

「なんでもありません。頑張りなさい」

《はいっ、マスター》

シェリスは、あらゆる騎獣《きじゅう》に乗ってきたが、特に乗り心地が悪いと不満を覚えたことはない。気性の荒い魔獣であっても、構わず乗りこなしてきている。

だが、シェリスの見た目から、優雅な騎乗スタイルしか想像できなかったのだろう。

マティがそう誤解しているようなので、シェリスもそのままにしようと決めたらしい。

そんな話をしていれば、砂漠とはまた違った熱気のある火山地帯へと入った。

ティア達はシェリスの魔術のおかげで暑さを感じないが、本来ならばねっとりとした熱気が絡みつく場所だ。

「じゃあ、行こうかマティ。あの火山に向かってね」

《は～い。でも、煙臭《くさ》いね》

「あ、そうだった。ここは時間制限があるの。あの山が噴火する前に、この階層を出ないとダメなんだ」

《へ？》

マティが驚くのも無理はない。次の階層へ下る階段は火山の麓《ふもと》。分かりやすい道ができているので迷うことはないが、魔獣がひっきりなしに襲ってくる。それを倒したり、そのまま逃げたりして、なんとか火山が噴火する前に階段へ辿《たど》り着かなくてはならないのだ。

「火山が噴火すると、階段の入り口が閉まっちゃうの。まぁ、閉まってからでも、迫ってくる溶岩と魔獣から逃げて、またここまで戻ってこられれば良いんだけどね」

《ここは安全なの？》

「安全じゃないよ？　そこの脱出用の扉から一旦外に出ないと、フィールドがリセットされないから」

《外に出る？　それって、ゲームオーバーなんじゃ》

「そうなるね」

とはいえ、脱出できれば良い方だ。妖精が管理するダンジョンでは、致命傷を受けると、強制的に出口へ転送される。

いくら妖精が作り出した偽物の魔獣や自然だとしても、傷つけられれば痛みは感じるのだ。それは精神への働きかけによるもので、実際に怪我をするわけではないのだが、傷を負えばダンジョンの中では本当に血を流し、実際と変わらない痛みを感じる。

ダンジョンでの死もそうだ。精神に負荷がかかり、意識がなくなる。そうなると妖精の力で出口に転送され、そのまま介抱されることがなければ、本当にショック死することもあり得るのだ。

だが、このダンジョンでは意識のない重傷者はドワーフの店に転送され、介抱される。おかげで、最も危険なダンジョンでありながら、同時に最も死からは遠い安全なダンジョンでもあった。

「強制的に転送された場合、ここに来るまでの間に手に入れた物は、全部没収されちゃうの。それと、三つぐらい、余分にアイテムを持っていかれる」

ただでさえ、死ぬほどの怪我で精神的な痛手を負ったというのに、更に持っていたアイテムを取り上げられて痛い思いをすることになる。

ダンジョンへの挑戦とは、リスクの高いものでもあるのだ。

「だから、急ぐよ」

《任せてっ。向かってくる邪魔者には全部体当たりだね》

「そうだね。けど、マティの速さなら、そうはならないと思うよ。……っと、その前に荷台を作ろうか。またカル姐《ねえ》に馬を出してもらうのもいいけど、こっちの方が速い」

ティアが土の魔術で荷台を作り、そこにシルとカルツォーネが乗る。それをマティが引っ張る形だ。

《行くぞぉぉぉっ》

るのだった。

マティの驚異的な速さにより、魔獣達の接触も許すことなく、早々にこの階層を抜けるのだった。

ただ駆け抜け続けるだけの、赤のフィールド。ティア達には少々どころか、だいぶ退屈な時間が流れていた。本来は騎獣《きじゅう》を使うことなく、己《おのれ》の力で駆けるのが普通なのだ。

「次がこのフィールドで最後の二十階層だね」

《う～、スリルも何もない》

《クスゥ～……》

《フラムなんて退屈すぎて寝ちゃったよ？》

「う、うん。この状況で寝るとか大物だね……」

ここまで、このフィールドの全ての階層に時間制限があった。だが、マティの速さの前にはなんの障害にもならない。

あっさりと駆け抜け、そろそろダンジョンの広ささえ把握できてしまいそうだった。退屈だと思っても仕方がない。

フラムも最初は飛んでいたのだが、見るものも何もないと知ると、ティアの腕の中に舞い降りて、お昼寝タイムに入っていた。

「ははっ。けど、この階層では特別イベントがあるはずだ」

《本当？》

そろそろダレてきたマティは、カルツォーネに胡乱《うろん》げに尋《たず》ねた。あまり期待していないようだ。

「ほら、階段を下りたら、きっと分かるよ。ねえ、シェリー」

とっておきのメインイベントがあるはずだと、カルツォーネは確認のためにもシェリスへ話を振る。

「そうです。火山といえばということで用意された、とっておきですね。まぁ、私には火山だからという理由が全く分かりませんが」

『豪嵐《ごうらん》』のメンバーで決めたフィールド設定。細かく議論を重ねて作り上げていったらしいのだが、その中にはもちろん、襲ってくる魔獣の設定も含まれている。

この火山地帯には、かつて『豪嵐《ごうらん》』が体験した出来事の再現と、とっておきの魔獣がラスボスとして控えていた。

《なんだろ……あれ？》

気配を探っていたマティが首を傾《かし》げるのも無理はない。このダンジョンの魔獣達は妖精によって作り出されたもの。だから、生き物の気配というより、魔力の気配が強い。

だが、階層の入り口で感じるのは、今までここで出会ってきた魔獣の気配とは異なるものだった。

そして、更に気になることが一つ。

「ね、ねぇ、シェリー。ラスボスって一体だったよね？」

「え、ええ。思い出せないだけとは思いたくないです」

さすがのシェリスも、記憶にない設定に戸惑っているようだ。

そう、ティア達が感じているラスボスらしき気配は四つ存在していたのだ。

「三つは間違いない。けど、あと一つは死んでる……っていうか生きてはない？」

「判断に困るところですが、アンデッド系なのでしょうかねぇ」

「あ、なるほど。この曖昧《あいまい》な感じはそっち系か。あれ？　でも、アンデッド系がいるのは黒のフィールドでしょ？」

「そこなんですよね……いえ、それよりも本物の魔獣がいる時点でおかしいです」

アンデッド系の魔獣や魔物の気配は独特だ。完全な生き物とは呼べないほど薄い気配。

だが、魔力の高さだけは感じるという、そんな曖昧《あいまい》な存在だ。

それがいるとしても、このダンジョンには存在しないはず。妖精達の作った、安全性が確保されたダンジョンなのだ。生きた気配は妖精達のものだけでなくてはならない。

《キュっ……》

「あ、フラム。もしかして気付いた？」

《キュキュ……》

すやすやと眠っていたフラムが、ピクリと身を起こす。長く細い首をもたげ、その気配の方へと緊張気味に伸ばしていた。

《なんか強そうなのが四つ？　居場所がバラバラだけど、全部一つずつ相手していいの？》

呑気《のんき》なのはマティだ。その魔力の大きさに、今までとは違う強い魔獣がいると興奮している。

「いや、うん……本当は一体のはずなんだけど、全部倒さないと扉が開かないかもね。中ボスが三体にラスボスが一体ってことで納得するしかないかな？」

「そうですね。ここは時間制限もないですから、各個撃退でいきましょう」

赤のフィールドの最後の階層には時間制限がない。大きな火山もなく、ゴツゴツとした岩の大地だけだ。

ただし、ラスボスの潜《ひそ》む大きな洞窟《どうくつ》が奥に見えるはずなのだが、それが向かう先に四つも点在していた。

「まぁ、前向きに行こうか。一番奥のが問題のやつだし、まずは手前の三つを片付けてからだね」

「ええ」

気にはなるが、今気にする必要はないかと頭を切り替える。

「よし、マティ。これで本気で楽しめるよ。なんてったって、ドラゴンが相手だからね」

《え？》

このティアの言葉に、さすがのマティもフラムを気にして動きを止めた。

いくらこの退屈を紛《まぎ》らわすことができる強敵だとはいえ、フラムと同じドラゴンを相手にするのは気が引けるようだ。それはティアも分かっていた。

「あ、心配しないで。ドラゴンっていっても、ここのドラゴンはフラムみたいなのじゃなくて、ワイバーンから派生したって言われてる凶暴なやつなの」

一口にドラゴンと言っても、色々あるのだ。

魔族が国で保護しているドラゴンは、古龍の血を引く比較的大人しいドラゴンだ。その気性のおかげもあり、保護対象に認定されている。もちろん、その爪や皮など、貴重で強力な素材を多く持っているというのもある。

一方、この場にいるのはワイバーンの変異種。本来はドラゴンよりも小さいワイバーンだが、変異によって異常に大きくなり、皮膚も厚く、より凶暴になっている。

《あ、あのちょっとトゲトゲした趣味の悪いトカゲだね。ならいいや》

マティは、数年前に戦ったことのあるワイバーンを思い出し、あれはフラムと同じとは思えないと安心したようだ。

「そうそう。フラムとは似ても似つかないやつだよ」

《キュゥ……？》

そんな会話をしている間も、フラムはどこか落ち着かない様子だ。

心配するなとその体を撫《な》でながら、一番奥にいる魔獣の気配に意識を向ける。そんなティアの考えが分かったのだろう。シェリスが口を開いた。

「魔力の大きさは他の三つよりも大きいですね。そして、やはりアンデッド系で間違いなさそうです」

「うん。たまたま棲《す》み着いちゃったとかじゃないよね？　妖精が見逃すはずもないし。けど、あの頃は確かにいなかった」

過去にここを訪れたことのあるティアも、その存在は知らない。この数百年の間に何があったか知らないが、実に不可思議だ。

「ええ。ただ、私もこれだけ大きな魔力を持つアンデッド系には心当たりがないのですが……」

シェリスでさえ出会ったことがないかもしれない敵。それにティアは少々の不安と、かなりの期待を感じている。

この時、カルツォーネが「まさかな」と呟《つぶや》いていたことには気付かなかった。

「それじゃあ、サクッと手前の三つをやりますか」

こうしてティア達は、一つ目の洞窟《どうくつ》へと足を踏み入れたのだった。

◆ ◆ ◆

パールファンムは、武器屋の少年ダスバを配下の妖精達に頼み、ティア達の様子を見ようと階層を下りていた。

普段、妖精達は割り当てられた階層から動くことがない。自分達の受け持つフィールドに絶対の自信を持っており、他の階層を気にすることもないのだ。

勉強熱心な者は何十年かに一度、他のフィールドを偵察するが、基本的に担当区域から出ることはなかった。ダンジョンの外の世界を、どれだけ正確に再現できるかが腕の見せどころだ。

そして、他のフィールドでどんなことが起きていても意見しないのが暗黙の了解となっている。ただし、冒険者への目に余る無茶振りがあったり、妖精達の持つルールから逸脱したりしていれば、それを注意することはある。

《はぁ……長いこと見に来てなかったけど、えらく植物が大きいじゃない……》

パールファンムは長らく、あの店を継いでいくドワーフ達のお世話役をしてきた。今は特に手のかかるダスバがいるため、他のフィールドを偵察するのが比較的好きだった彼女も、なかなか自分のフィールドから出られなかった。

更に、ダンジョンの挑戦者がその下のフィールドへ行くことも減ったため、退屈しているであろう下階層の妖精達に会うのが気まずかったというのもある。今回、この緑のフィールドにも久しぶりに訪れたのだ。

《昔はもっと、清々《すがすが》しい感じの森だったはずだけど……重い……》

草木が生い茂りすぎて、かつてちゃんとした道があったはずの場所も、獣道《けものみち》にしか見えなかった。

《うん、まぁ、再現率はすごいよね……》

いかにも人が分け入っていませんという、長い年月を思わせるものになっているのだ。同じ妖精として、これは称賛すべきところだろう。

《えっと、ここの担当は……あ、いたっ。ピューリィ》

この緑のフィールドの取りまとめ役を見つけたパールファンムは、さっそくティア達がどうだったかを尋《たず》ねようとした。しかし、ピューリィに近付いたパールファンムは、うっと顔を顰《しか》める。

《ピュ、ピューリィ……穴掘ってるの？》

てっきり草の成長具合を確認するために地面に屈《かが》み込んでいるものと思っていた。だが、その手元を覗《のぞ》き込んで違うようだと知る。

地面に人差し指でぐりぐりと空けられた穴。ブツブツと聞こえてくる小さな呟《つぶや》きに、思わず数歩後ろへ下がった。

《うう、ぐすっ。どうせ地味ですよね……ジメジメしてますよねっ》

《ええ〜っと……》

どうやら盛大にいじけているらしい。地面に小さな丸を描き始めて、もうどれだけ経つのだろう。かなり深い穴が出来上がっていた。

その丸の大きさと穴の深さは、ピューリィの落ち込み具合を表している。それを見ただけで、究極に落ち込んでいるらしいと分かった。

《雑魚《ざこ》しかいなくてつまらないだなんて……私の虫ちゃん達が弱いわけないじゃないっ》

その言葉で、どうやらあっさり突破されたようだと確信する。となれば、ティア達が今どこまで進んでいるのかが気になった。
《ピューリィ……一緒に下の階層を偵察しに行こうよ。ねっ。あの人達のこと気になるでしょ？》
《パール……そ、そうね。私のフィールドが特別ダメなわけじゃないかもしれないものね》
《そうそう。ちょっと相手が悪かっただけで……ううん。なんでもない》
こうして、パールファンムとピューリィは階層を揃《そろ》って下りていった。

白のフィールドへとやってきた二人は、その広大な砂の大地をキョロキョロと見回す。
《暑い》
《こんなところにずっといるなんて。ある意味、尊敬します》
パールファンムもピューリィも、自分達のフィールドには特に温度設定をしていない。どちらも、適温の過ごしやすい環境だった。
それに比べてこの場所は、驚くほど暑い。湿気がなく、カラッとした暑さであるからまだいいが、それにしても暑いと言わざるを得なかった。
《眩《まぶ》しい……》

《私のところは、やっぱり暗い場所だったんですね……》
《いや、ここが眩《まぶ》しすぎなんだよっ》
白い砂に反射する太陽の光。その再現力には感心するが、眩《まぶ》しすぎるのも困りものだとパールファンムは思う。
《ほら、キプシィムを探そう》
ティア達の気配はもっと先だ。ここも難なく突破されたらしい。ピューリィのように落ち込んでいやしないかと、この白のフィールドの取りまとめ役であるキプシィムを探した。
《あ、あそこにいるみたいですよ》
いち早くその姿に気付いたピューリィが指を差す。
《本当だ。けど……何してんだろ？》
キプシィムは砂漠の上で膝を突き、両手の指を組んでいた。
《な、何してんの？　キプシィム……》
さんさんと太陽が照りつける大地の真ん中で、祈るように静かに目を閉じる様《さま》は、危うい感じを受ける。
声をかけられたキプシィムは、そのままの状態を維持しながら静かに口を開いた。

《冥福《めいふく》を祈っていますの》

《へ？》

なんのことだと尋《たず》ねることができないほど、キプシィムは一心に祈り続けていた。そして、不意に涙を流す。

《ふっ……私の可愛い子ども達……》

《こ、子ども!?》

《どういうことでしょう》

子ども発言に驚くパールファンムと、困惑するピューリィ。

ごく一部を除き、妖精族が子どもを生むことはない。見た目や性格から、男女いずれかの形を取ってはいるが、本来は性別がないのだ。

妖精達は臨終の時、自《みずか》らの魂を気に入った樹に同化させる。そして、再び力を得るまでそのまま眠りにつく。やがて力が充分に溜まると、再び妖精として目覚めるのだ。

だからこそ、子どもと言われては動揺してしまう。一体何をしたら子どもが生まれるのかという、少しの期待もあった。しかし、次にキプシィムが呟《つぶや》いた言葉に二人は呆れた。

《可愛い可愛い、私のキャクターちゃんがっ》

《キャクターって、魔物の？》

《トゲトゲした丸い子でしたよね？　私も欲しかった……》
《えっ？》
自分のフィールドだからといって、おかしなものをコレクションするのはやめてほしいと思うパールファンムだ。
《で、でもさ、すぐに新しい子を用意すれば……いや。ゴメン……》
それぞれの担当フィールドで現れる魔獣や魔物は、妖精達が心血を注いで作り出している。だからこそ、子どもだと言ってしまえるほどの愛情が生まれるのだ。たかが魔獣、とはとても言えなかった。
たとえ偽物であっても妖精達の思いが込められている。その気持ちが分かるピューリィとしては、キプシィムが愛情を注いだキャクターを是非とも見てみたいと思ったらしい。
《キプシィム、そのキャクター達を見せてくれませんか？》
そんなピューリィの言葉に、それまで動こうとしなかったキプシィムが立ち上がる。
《いいわ。これがっ……私のキャクターちゃん達よっ》
《……うそ……》
《へ？》

パールファンムは、現れた巨大なキャクター達を呆然と見上げ、思考を停止させた。
ピューリィは、その生態や本来の大きさを把握していたが、予想外のサイズに目を瞬《またた》かせる。
そんな二人の反応などお構いなしに、キプシィムは熱に浮かされたような表情でキャクター達の周りを飛び回った。
《ふふっ、可愛い可愛いキャクターちゃん達。もう誰にも傷つけさせやしないわっ》
《……それはダンジョンとしてどうなの……》
《でも、気持ちは分かります！》
《ええっ!?》
長年挑戦者が少なかったために、思いが育ちすぎてしまったのだろう。こんな弊害《へいがい》があったのかと、パールファンムは同僚二人を微妙な気持ちで見つめる。
しばらくキプシィムと気持ちを分かち合っていたピューリィだったが、ふと疑問に思ったことを口にした。
《ところで、こんなに大きなキャクターってどこに実在するんですか？》
実物を目にしたことはないが、パールファンムもピューリィの反応から、おかしいと思っていた。こんな大きな魔物がゴロゴロしているのなら、砂漠というのはさぞ歩きにくく、絶望的な場所なのだろう。
だが、キャクターを欲しがっていたピューリィは、自分の記憶とは違う大きさのキャクターの群れを前にして、キプシィムを問い詰めた。
《こんなキャクターは存在しませんよね？　大きさが違いすぎます。それに……司令塔がいないではありませんか》
ピューリィは群れの全体像を見渡すために、一気に急上昇し、司令塔がいないことを確認した。
《実在しますわっ。私はこの目で見ましたものっ。たった一体で、寂しく砂漠を彷徨《さまよ》うキャクターちゃん……それを見て、私は決めましたのっ》
ぐっと片手を握り込み、キプシィムは熱く語る。
《あの孤独なキャクターちゃんを、私のフィールドで仲間と共に生かしてあげようって！》
《……》
既にパールファンムは、ついていくのを諦《あきら》めていた。もう呆れを通り越して、遠いところを見つめている。だが、ピューリィは違った。
《それも分かります》

《……ピュ、ピューリィ……》
何を同意しているのだと、パールファンムは慌てる。
《私も、もうこの世には存在しなくなってしまった植物達を、私のもとで再び生かしてあげたいと思っていました。たとえ、私の力で再現された幻であっても、彼らはちゃんと生きているのですっ》
妖精達は長く生きる。その間に、環境の変化などで消えてしまったもの達も、ちゃんと記憶の中にはあるのだ。覚えているのならば、再現するのは容易《たやす》い。本物ではなくても、かつての姿はここに残っている。
《そうですっ。あのキャラクターちゃんの思いを、寂しさを、私はここで癒《い》やしてあげたい。仲間と一緒にいるあの子を、私は見たかった……》
現実ではあり得なかった情景を、キプシィムはここに再現したのだ。
ピューリィと思いを分かち合い、キラキラと目を輝かせて青空を見上げるキプシィム。
だが、パールファンムだけは冷静だった。
《結論から言うと、こんなキャラクター達は存在しないってことだよね？》
《……》
《い、いたのですっ！　ただ……変異種でしたが……》

パールファンムはキプシィムを胡乱《うろん》げな目で見つめる。

ダンジョンを作り上げる妖精達には決まり事がある。それは、再現する魔獣や魔物とその生育環境は、実際に存在するものでなくてはならないということだ。

もちろん、変異種としてでも存在していたのならば、再現することに問題はない。だが、数が問題だ。変異種であるということは、これほどの数は存在しないだろう。

《キプシィム。これ、ちゃんと王様から許可取ったの？》

《……》

これがマズイことだというのは、キプシィムも分かっているのだ。だから、パールファンムの問いかけにギクリと動きを止めた。

《キプシィム。せめて、フィン様には報告してるよね？》

《フィ、フィン様は……》

《うん。フィン様は？》

妖精王の側近の名を出せば、キプシィムは焦点の合わない目で明後日《あさって》の方を向いていた。そして、しどろもどろになりながら言ったのだ。

《っ、フィン様も王もお休みですしっ、我らに任せると言われているのですっ。ですからっ……》

確かに妖精王もその側近も、ダンジョンの管理は任せると言って、それぞれのフィールド担当に任せて眠りについていた。しかし、決まりは決まりだ。

《キプシィム。今すぐ消しなさいね》

そのパールファンムの言葉に、ピクリと体を震わせたキプシィム。

これで納得してくれたかと期待したパールファンムだったが、ゆっくりと振り向いたキプシィムは、予想外の事実を明かした。

《私なんかより、ペリィイチェの方がもっとすごいことをやっているんですからねっ》

《え……》

その言葉の真偽を確かめるため、パールファンム、ピューリィ、キプシィムの三人は、赤のフィールドへと向かうのだった。

第五章　女神は変化を楽しむ

ティア達は、順調にダンジョンを攻略していた。

「ほら、三体目だよっ。ワンツーフィニッシュで決める？」

《そうする〜っ》

《キュキュ〜ゥっ》

テンション高めになっているのは、ここまでの退屈さが嘘のように、魔獣が大量に攻めてきたからだ。

出し惜しみをしていたわけではないだろうが、今まで隠れていた魔獣達が一度に集結したかのように、数百という数が洞窟《どうくつ》の中にひしめき合っていた。それをティア達はうさ晴らしとばかりに蹴《け》散《ち》らし、殲滅《せんめつ》し、今ちょうど三つ目の洞窟《どうくつ》にいたドラゴンを倒したのだ。

「はぁ。なんかやっと体が温まってきた感じ」

満足げに頬を染めるティアに、シェリスが笑みを浮かべる。

「準備運動には良かったですね」

「私もちょっとはストレス発散できたよ。それにしても、シル君の動きはいいねぇ」

　カルツォーネも執務で強張《こわば》っていた体を思いっきり動かせたと笑い、共に健闘したシルを労《ねぎら》った。

「ありがとうございます」

　シルもこれだけの数の魔獣を相手にするという貴重な経験ができて、楽しそうだった。

　ここまで合計すると、ざっと二千近い魔獣を相手にしたことになるのだが、ティア達にとっては、これでやっと準備運動というところだ。

「さぁってと、次は問題のラスボスちゃんだねっ」

「ええ……ここに着くまでに思い出そうとしたのですが、やはりアンデッド系でこの魔力の大きさというのは心当たりがありません」

　シェリスは『豪嵐《ごうらん》』の一員として長く旅をし、多くの魔獣と出会ってきた。そのシェリスの記憶の中にも、該当する魔獣や魔物の情報がないという。だが、それはそれで仕方がない。

「そっか。まぁ、覗《のぞ》いてみれば分かることだよ」

　シェリスも出会ったことがないかもしれない相手。それを思うと少々の不安はある。

だが、手応えがありそうな相手に特大の期待もしていた。

「行くよっ、マティ、フラム。お邪魔しま～ぁすっ」

《たのもぉぉおっ》

《……キュゥ……》

道場破りよろしく堂々と足を踏み入れるマティ。その頭の上で、フラムはなぜか身を縮こまらせていた。それを不思議に思いながらも、ティアは洞窟《どうくつ》の奥に広がる暗闇に目を凝《こ》らす。

そこに、一対《いっつい》の赤く光る目を捉《とら》えた。そして、それがのそりと身を起こす。

「そう来ましたか……」

「おやおや。やはりそうかい」

真っ先にその正体を知ったシェリスは感心したように言い、それまでずっと何かを考え込んでいたカルツォーネは合点《がてん》がいったと手を叩く。

だがティアは最初、ただの置物かと思っていた。だから、念のため確認してみる。

「ねぇ。カル姐《ねえ》……あれ、標本とかじゃないの？」

「違うみたいだよ。いやぁ、まさかまだ生き残りがいたなんてっ」

ティアの不安をよそに、カルツォーネは興奮気味だ。それもそのはず。今日の前にいるそれは、絶滅したと言われる大変貴重な生き物だった。

これを見たフラムは、その体をより一層マティへとくっつける。

《キュ……っ》

そんなフラムの不安をよそに、マティは雄叫《おたけ》びを上げた。

《ホネ来たぁぁぁっ》

ティア達に気付いたそれが口を開く。そして吠えた。

《グガァァァァッ》

ティアは思わず耳を塞《ふさ》ぐ。それは大きな体を動かし、ゆっくりと歩み寄ってきた。

「え～っと、一応は魔獣になるのかな？　確か、幻獣図鑑に載ってたかもだけど」

「ええ。私も実物は初めて見ます。間違いなく、ボーンドラゴンです」

それは幻とされる魔獣。その名の通り、ドラゴンの骨にしか見えない。

「うんうん。こうした古代遺跡の奥にいて然《しか》るべきものだ」

決して間違った場所ではないぞとカルツォーネは喜んでいる。だが、ここはマズイ。

「なんでこんなところにいるのかな？　自然発生するものじゃないんだから、ここにいるのはおかしいでしょ？」

「ですね」

予想外のラスボスを前に、ティアとシェリスは、どうしようかと顔を見合わせる。カルツォーネは何やら色々と考えを巡らせているので、今は頼りにならないだろう。シルもさすがに驚いて息を詰めている様子だ。

もう一度ボーンドラゴンに視線を向けたティアは、その目を見て冷静に考える。

「う～ん……」

威勢良く吠えていた割に、もう二歩ほどの距離で止まっているボーンドラゴン。あと一歩でも近付けばティアの間合いに入る。それが分かっているとでもいうように、立ち止まってしまったのだ。

ティアはボーンドラゴンと静かに見つめ合い、ふとフラムを呼んだ。

「フラム。大きくなれる？」

《キュ？》

ティアの言葉にシルとマティが難色を示す。シルとしては、ティアを危険な目に遭わせる可能性は何がなんでも避けたいところだ。

「相手を下手に刺激することになりませんか？　それに、フラムさんは怯《おび》えているようですが」

《フラム怖いんだよね？》

《キュ……キユゥ……》
怯《おび》えた状態では大きくなることもできないだろうと、シルやマティは思ったようだ。
だが、マティが念話《ねんわ》でフラムの言葉を聞き、首を傾《かし》げた。
《うん？　分かんないの？》
《キュ》
マティの通訳によれば、フラム自身、怖いわけではないようだ。
この階層に来てからのフラムの反応が気になり、ティアは観察していた。だから、決してボーンドラゴンの存在に怯《おび》えているわけではないと気付いていた。
「大丈夫。ちょっと戸惑ってるだけだよね。ほら、あの子も不安なんだよ。フラムと同じだね」
《キュ？》
《グルゥ……》
フラムとボーンドラゴンがしばし見つめ合う。そして、フラムが不意に羽ばたいたかと思うと、本来の大きな姿へと変わってみせた。
そのまま、二体のドラゴンは静かに見つめ合う。それを見ていたシェリスが、小さな声でティアへと話しかけた。

「大丈夫なのですか？　この大きさで暴れられたら、洞窟《どうくつ》が崩れるかもしれませんよ？」

ここでドラゴン同士の戦いなんてものが起きれば、小さなティアやシェリス達はひとたまりもない。ダンジョンでさえ壊れかねないだろう。脱出も考えるべきかと、シェリスとシルは身構えていた。しかし、ティアはなんてことのない調子で告げる。

「問題ないよ。ほら」

そう笑いながら視線を送る先には、お互いへゆっくりと近付き、存在を確かめ合うフラムとボーンドラゴンの姿があった。

「素晴らしいっ」

「……どういうことです……？」

カルツォーネは感動して手を叩き、シェリスは呆然としている。二体のドラゴンは互いの頬を擦《こす》りつけ合ったり、尻尾《しっぽ》を巻きつけ合ったりしていた。

「フラムってさ、同族の友達の作り方を知らなかったんだよね～。まだ子どもだし、親は亡くなっちゃったじゃない？　ドラゴン同士の付き合い方も知らないうちに私のところに来ちゃったし、普段から人見知りじゃん？　それで余計にね」

アンデッド系とはいえ、ボーンドラゴンは立派なドラゴン。フラムと同じ、古龍の系譜に連《つら》なるものだ。同族としての認識が働き、フラムはこれまでの魔獣や先の三体のドラゴンのように敵対する姿勢が取れなかった。

だが、生まれて間もなく親を亡くし、同郷の仲間に数日世話をしてもらっただけのフラムは、同族に対する意識というものも薄かった。だからフラム自身、今回出会ったボーンドラゴンに、どう接したらいいのか分からず不安だったのだ。

「ドラゴンのお友達の作り方が分からなくて戸惑ってただけなんだよ」

「……友達ですか……」

シェリスにも、ムズ痒《がゆ》くなるようなその感覚に覚えがあるのだろう。フラムとボーンドラゴンを微妙な表情で見つめていた。

「あ、それでさぁ。あのフラムの様子を見ても分かるんだけど、やっぱり本物のボーンドラゴンじゃない？　どうすんの？」

「ですよね……ティアとなら倒せないことはないと思うのですが。さすがの私でも、この状況を前にしてそれはできません」

何やら念話《ねんわ》をし始めたらしいフラムとボーンドラゴン。

ボーンドラゴンからもすっかり警戒心が消えていた。これでは攻撃をする気も起きない。

そこで、カルツォーネがはりきって手を挙げた。

「はいっ。問題ないよ！　あのボーンドラゴンは我が国で保護しよう！」

ドラゴンを保護するのは魔族の役目だ。それも絶滅したと思われていたドラゴンなのだから、もちろん大切にする。ここに一体だけでいさせるよりは、このドラゴンのためにもなるだろう。

「ただ、どこから来たのかとかは知りたいな」

カルツォーネの言うことは、生態を正しく知るためにも必要だ。それならばとティアは気配を探る。

「なら、ここの担当を……捕まえて吊るそう」

「ですね。近くにいそうですし」

《マティ分かるよっ。妖精さんでしょ？》

この会話が聞こえたのだろう。ティア達が感知していた妖精の気配が、突如として移動した。

「あっ、逃げた？」

「逃げましたね」

《捕まえるぞぉ！》

「フラム。ここでその子と遊んでてね。カル姐《ねえ》は……シル、カル姐《ねえ》を見ててくれる？」

カルツォーネは、すっかりボーンドラゴンに夢中だ。久しぶりに好奇心が刺激されたらしく、こうなると何をしでかすか分からない。今も突然スケッチを始めたりしている。普段では見られない奇行だ。

「承知しました」

シルの返事を聞くと、ティアはシェリスとマティと共に、洞窟《どうくつ》の外へと飛び出した妖精の気配を追った。

◆　◆　◆

十六階層から二十階層までの赤のフィールド。そこを統括する妖精ペリィィチェは、自慢の羽で必死に飛び続けていた。

《何よアレっ、何よアレっ！　あんな人達、反則でしょっ!?》

ボーンドラゴンのことなど棚に上げてそう叫ぶ。

ペリィィチェも、あの少女達が担当フィールドに侵入したことは知っていた。配下の妖精達から、驚くほどのスピードで階層を突破されたとの泣き言……いや報告が、ペリィィチェのもとには届いていたのだ。

このフィールド最後の階層へ彼らがやってきたのは、つい二十分ほど前。ならばと、ペリィチェは十六階層から十九階層までにいる無傷の魔獣を、全てこの二十階層へ投入するよう配下に指示を出した。先の三体のドラゴンの周りを魔獣達が固めていたのは、これが理由だった。

こうすれば、いくらなんでもここまでは来られまい。ペリィチェはすっかり私室と化した最奥の洞窟《どうくつ》でくつろぎ、タカをくっていた。しかし、ティア達はそこへ難なく辿《たど》り着いてしまったのだ。

その上、一時はボーンドラゴンを倒そうとまでしていた。姿を消し、全てを見ていたペリィチェは、先ほど見たものに驚きを隠せない。

《信じられないっ！　ディストレアなんて、私でも見たことがないのにっ。それにドラゴンまで連れてっ》

動揺が抑えられないペリィチェだが、そのスピードは人が追いつけるはずのない、妖精族のトップスピード。振り返る必要はないと、ここでもその自信は揺るがなかった。

《私を捕まえて、つ、吊るすとか言っていたわね。ふふふっ、人ごときに捕まるわけっ……》

その時、不意にあるはずのない気配を感じた。そして、こんな声が思わぬほど近くから聞こえたのだ。

「妖精ごときが、挨拶《あいさつ》もなくケツ向けてんじゃないよ……って、母様がその昔、妖精王に言ったらしいんだけど、お姉さんは知ってる？」
《へっ⁉》
声の方へ目を向けた時には、ペリィチェの体は風の膜に捕らえられ、拘束されていた。いつの間にか追いついていたのは、ディストレアの背に乗った少女とエルフだった。
「さすがに速かったですね」
そんな言葉を聞いて、ペリィチェは努めて強気に、得意げに吐き捨てる。
《と、当然よっ！》
「あなたではなく、マティですよ。さすがはディストレアです」
《えへへっ、マスターに褒《ほ》められたぁっ》
そこでようやく、ペリィチェは自分が重要なことを見落としていたと気付いた。
《そうだった。ディストレアはっ》
それなりに長く生きてきたペリィチェは、ディストレアの生態も知っている。その驚異的な足の速さには、気を付けるべきだったと後悔した。
「母様は妖精王を捕まえた後、吊るしたんだったよね」
「いえ。あの時は確か、壁に磔《はりつけ》にしたはずです。羽を出させれば哀れな虫に見えるだろうと言ってましたが、捕まってからは頑《がん》として羽を見せないものですから、それがまたマティの怒りに触れまして。結果的に惨《みじ》めに泣き叫ぶようになるまで、配下の妖精達を捕まえては見せつけていましたね」

そんな会話に耳を傾けながら、どうやってこの場を脱しようかと必死で考えていたペリィチェは、ふと遠い昔の記憶を刺激される。

「何をして、あの母様をそこまで怒らせたんだろ。バカだね」

「はい。バカにしか見えませんでした。その上、許しを乞《こ》うてからしばらく経って、なぜか求婚していましたよ」

「は？　妖精王が母様に？　それは初耳」

なんの話をしているのかと、最初は疑問でいっぱいだったペリィチェだが、数々の単語がその記憶を呼び覚ましていく。

《よ、妖精王様……求婚……その前に捕まったたっ!?　あ、あ、あの時のエルフっ、森のっ！》

ようやく思い至った事実に、大混乱中だ。

「大丈夫？　シェリーを指差さない方がいいよ？」

「不愉快です」

《ひぃっ！》

ペリィチェを囲っていた風の膜が一気に縮まった。もう手を伸ばすことも足を伸ばすことも叶わなくなってしまう。

「あ、小《ち》っさ。でも、なんかカワイイ」

「ティア……分かりました。早急に他の妖精達も捕らえましょう。部屋に飾ってください」

《っ⁉》

それは最悪の事態だと、ペリィチェは真っ青になって口をぱくぱくと動かす。その言葉が本気だと感じたことで、凍《こお》りついたように声が出なくなってしまったのだ。

「いやいや、要《い》らないって。それ、危ない趣味の人じゃん。ヤだよ？　部屋の調度品に交じってこんな怯《おび》えた妖精さん達を飾るの」

少女の冷静な意見に、ペリィチェは希望を見出す。だが一方のエルフは不満そうだ。

「そうですか？」

どうも、少女の方に決定権がありそうだとペリィチェは推測する。

「この大きさで丸くて透明ってのがカワイイんだよ。膜の中にお花を入れてもいいなぁ」

その意見にペリィチェも賛同した。すると、エルフは悩みながらも納得したようだ。

「なるほど……ではマルティールの花を探しましょうか」

「あ、いいかも。あの花はそんなに大きくないし、花弁が何重にもなってて綺麗だよね」

なんだか空気が和《なご》んできたことで、ペリィチェも落ち着いて彼らの言葉に耳を傾けられるようになった。だから、ぽつりと呟《つぶや》いてしまったのだ。

《マルティールの花言葉は『愛しい婚約者』……ひっ！》

少女の笑みから妙な圧力を感じ、ペリィチェの顔が引きつる。

「うん？　何か言った？」

《ひぃっ、い、いいえっ！》

少女には都合の悪い情報のようだと察したペリィチェは、大人しく口を閉ざすことを選んだ。だが、それも許されはしない。

「それじゃあ、そろそろお話、聞かせてもらおっかなぁ」

《……はい……》

そして、ボーンドラゴンについての尋問が始まった。

◆　◆　◆

ティア達は、ペリィチェを連れてフラムやカルツォーネのいる洞窟《どうくつ》へと向かった。そして、洞窟《どうくつ》の入り口に着いたティアは、並んで中を覗《のぞ》き込むパールファンムと二人の妖精を見つけたのだ。

「あれ？　パールさんじゃない？」

《あ、え、えっと、ティアさんっ》

「ティアでいいよ」

《う、うん。ティアちゃんって呼んでも？》

「いいよぉ～」

ニコニコと笑い合うティアとパールファンムの斜め上には、小さな風の玉に閉じ込められたペリィチェが浮いている。完全に何かを諦《あきら》めた様子の彼女に、他の二人の妖精はどうしたのかと不安そうだ。

そんな視線に気付いたティアは、笑顔のまま言った。

「とりあえず、中に入ろう。説明はそれからね」

そうして、洞窟《どうくつ》の中へ再び足を踏み入れる。そこには本来の大きさのまま丸まり、静かな寝息を立てるフラムと、その隣で同じように眠るボーンドラゴンがいた。

「あらら」

《フラム、寝てるよ？》

大きな体をしているが、年齢を考えればフラムはまだ幼いのだ。好きな時に起きて好きな時に眠る。

これを見たシェリスは、感心したように二体を見つめる。そして、マティから降りると、静かにそちらへ歩み寄った。そこにはカルツォーネもいて、何やらブツブツと呟《つぶや》いている。

「なるほど。あそこの骨はこうなっているんだね……」

「魔核は、ああして一応守られているんですね」

「ちょっとカル姐《ねえ》、シェリー。じっくり観察するのはやめてあげてっ」

せっかく気持ち良さそうに眠っているのだ。研究者の目で見ないでやってほしい。

「もう外は真っ暗だろうし、私達も今日はここで休もうか」

ティアは洞窟《どうくつ》の天井の高さを確認すると、フラム達から離れ、そこに家を出現させた。

これに驚きながらも、何も言うことができず、パールファンムと他の妖精二人はティア達に続いて家に入る。

《マティもフラムの近くで寝てくるね》

大きな欠伸《あくび》をして、フラムの傍《そば》へ歩いていくマティ。それを見送り、ティアは食事の用意を始める。

「お姉さん達も食べる?」

《本当っ？　食事なんて久しぶりっ。あ、大きくなるね》
「え？」
今度はこちらが驚かせる番と言うように、パールファンムはキラキラと体を輝かせる。
そして、その姿を人のサイズへと変えた。
「うわぁ。大きくなれるんだ。そういえば妖精王とか、その側近の人とかは、人族と同じ大きさだったもんね」
《うん。ある程度年齢を重ねて力がつくと、こうやって大きくなれるの。フィールドを統括してる私達は、全員できるよ》
そんな説明の最中に、他の二人も大きくなる。
大きくなると当然、その顔や表情が良く分かった。
《自己紹介がまだだったね。こっちが、緑のフィールド担当のピューリィ。それと、白のフィールド担当のキプシィム》
《よ、よろしくお願いします……》
《……よろしく……》
ピューリィは少々顔を伏せた状態で、下から見上げるようにしている。一方、キプシィムはといえば、なぜか不貞腐《ふてくさ》れたように目をそらしていた。二人は、可愛がっていた魔物をティア達に倒されているのだ。当然思うところがある。

しかし、事情が全く分からないティアは、微妙な笑みを返した。

「よろしく？」

パールファム、ピューリィ、キプシィムの三人が椅子に座ると、テーブルの上には、風の玉に閉じ込められたままのペリィチェが置かれていた。

妖精達の向かいに座るシェリスは、面白くないものを見るような冷たい目でそれを見ている。妖精達は知らないが、彼はティアと二人っきりになれるチャンスを潰されたのだ。気まずい空気が流れるのは仕方のないことだろう。

ティアは素早く食事の用意をすると、シェリスの隣に腰を下ろした。そして、窓からシルを呼ぶ。

「シル。カル姐《ねえ》を連れてきて」

「はい」

シルならばどんなに小さくてもティアの声を聞き取る。

そして、全員が集まったところで食事をしながらペリィチェの話を聞くことにした。

「お待たせ。それじゃ、お姉さん。あのボーンドラゴンについて説明してもらおうかな」

窓から見えるボーンドラゴン。さすがにテーブルの上からでは見ることができないペリィチェだが、気配はしっかりと捉《とら》えているようだ。そちらへ一度目を向けると、観念したようにため息をついてから口を開いた。

《つい五年ほど前……新しい魔獣の情報でもないかと思って外へ出た時に、とある洞窟《どうくつ》の中で小さなあの子を見つけたのよ……》

ペリィチェが向かったのはフリーデル王国より南、魔族の国さえ越えたところにある火山地帯。そこは長らく人が足を踏み入れない魔の山だった。

有毒なガスが溢《あふ》れ、魔獣さえもほとんど棲《す》みつかない場所。しかしペリィチェは、そこになら未《いま》だ出会ったことのない未知の生物がいるのではないかと、危険を冒《おか》して入り込んだらしい。

そして、そんな場所にある洞窟《どうくつ》の奥深くに、あのボーンドラゴンがいたという。

《あの見た目だから、最初は朽ちたドラゴンの遺骸《いがい》だと思ったの。けど、私を見て小さく鳴いたのよ。とっても不安そうで、親の気配もなくて……だから》

「ここに連れ帰ったと。ある意味、賢明ではありますけどね」

シェリスの言葉に、カルツォーネが勢い込んで同意する。

「そうだよっ。ボーンドラゴンは魔族が保護しようと、それこそ血眼《ちまなこ》になって世界中を探し歩いていたのだからね」

ボーンドラゴンは、その特殊な生態から、見つけるのが非常に難しい。

見た目や属性、気性から凶暴視され、冒険者達に見つかれば、危険だからと討伐されてしまうことが多かった。人を襲うような凶暴なドラゴンだと判断されてしまえば、いくら魔族が保護しようとも、討伐対象と認定されてしまうのだ。

だが、ボーンドラゴンは、実はとても臆病な魔獣だった。警戒心が強く、不用意に近付かれると、パニックを起こして攻撃してしまう。棲息している場所も問題で、洞窟《どうくつ》の奥深くという逃げ場のない場所であるため、立ち向かうしかなかったのだ。

「何はともあれ、この件はカル姐《ねえ》に任せるよ」

「任されたっ。明日、朝一で国に戻るよ。保護区の策定をしないといけないからね」

それまでの間は、フラムにここにいてもらうことにする。保護者役はシルにお願いした。

こうしてこの日は探索を中断し、休むことにしたのだった。

◆　◆　◆

時間は少し戻って、ティア達が赤のフィールドに入る頃。

別行動することになったルクスとサクヤは、狭い通路を這《は》って移動していた。

「くっ、ファルの奴っ、なんなのこの筋トレ設定！」

「っ、もう筋肉痛がきました……」

「うそっ、ちょっとルクス君、年の差アピール？　どうせあたしは歳ですよっ。筋肉痛は忘れた頃にしかやってこないわよ！」

秘密の通路に入って早々、ベタな仕掛けが待っていた。大岩ならぬ巨大鉄球での追いかけっこ。一面に広がる沼地を蔦《つた》を伝って渡り、永遠に続くかと思われる飛石《とびいし》。そして、現在は匍匐《ほふく》前進しかできない狭い通路を進んでいる。

「本当に信じらんないわ。ったく、いくらアレに選ばれるのに相応《ふさわ》しいかどうかをチェックするためとはいっても、ファルが一番容赦ないわねっ」

マティアスが立てていた計画よりも、間違いなく厳しい内容だ。それこそ、すぐに筋肉痛を感じてもおかしくはない。

そうして一時間の行軍の末、ようやく一息つけそうな広い場所に出た。

「先生、少し休みましょうか」

「そうね。ここなら罠もなさそうだわ」

ルクスとサクヤは、ここで一夜を明かすことにした。

さっそく、アイテムボックスから食料を取り出すサクヤ。調理用の魔導具も並べると、温かい食べ物があっと言う間にできていく。

「はい。熱いわよ」

「あ、ありがとうございます。なんだか慣れているんですね」

「そうは見えないかもしれないけど、これでも若い頃から何百年と冒険者やってたもの。野宿とか、こういったダンジョン内での野営とかも沢山経験してるのよ」

ダンジョンや遺跡の中での野営は火を使わず、熱を持つ石の魔導具で料理する。妖精達が管理しているとはいえ、閉塞的《へいそくてき》な空間だ。用心するに越したことはない。

戦っている時は妖精達もこちらに意識を向けているので、火や爆発を起こしても対処するだろうが、こうして休んでいる時は、何かあってもすぐには対処されない場合がある。だから、そこはあまり妖精を当てにしてはならない。

「そうでしたか……正直、ついていきていただけて助かりました。心強いです」

「いいのよ。ティアからも頼むって言われたしね。あの子に頼られるのは気分が良いわ」

「……」

「どうしたの？　悩み事？」

サクヤは気付いていた。ティアがサクヤやカルツォーネやシェリスといる時、ルクスがどことなく不安げな表情を浮かべていることに。何を考えているのか想像はできるが、

これればっかりはティア本人がルクスに打ち明けるか、ルクスが相談してこない限り、話そうとは思わなかった。

今回ルクスについてきたのは、その機会を上手く作れないかと思ったからでもある。

サクヤとしては、いい加減気の毒なのだ。ティアもルクスもお互い気を遣いすぎて言い出せないのが、もどかしくて仕方なかった。

「あの……ティアのことなのですが……」

来たと思ったサクヤは、内心気を引き締める。

「ええ。なぁに」

すると、ルクスが意を決したように顔を上げた。

「先生がティアと初めて知り合ったのはいつなのですか？　学園でという感じがしないので、不思議に思っていたのです」

いざ尋《たず》ねられると、どう話すべきか迷う。正直に話したところで信じてもらえるとは思えないし、こんな場所で不信感を抱かれればルクスにも危険が及ぶ。それだけは避けなくてはならない。だから慎重に、分かりやすく伝えようと考えた。

「そうねぇ……ずっとずっと前よ。あたしが獣人族だってのは知ってるでしょ？　今年でいくつになったかも忘れるほど長く生きてると、沢山の別れも経験するわ。けど、あたし達の一族には、亡くなった人はいつかまた新しく肉体を持って生まれ変わるっていう教えがあるの。これが不思議なものでね。なんだか懐《なつ》かしいって思う人に時折出会うわ。ああ、あの人が生まれ変わったのねって運命を感じるの」

初めて会ったはずなのに、そんな気がしない。昔の懐《なつ》かしい面影が重なる。そんな経験は何度かあった。けれど、所詮は迷信だと言われるようなものだ。それに死んだらそこで、その人としての人生は終わるのだから。

「ティアはね。その中でも特別。絶対に間違いないって思ったわ。カルや変態エルフも同じように感じたみたい。ずっと前に、勝手に死を選んだ大切な友達。娘みたいに思ってたあの子が死んだと知った時は、身を引き裂かれる思いだった。だから衝撃だったわ……ああ、また会えたって。他の人の場合と違うのは、あの子自身もあたし達を知っているってことかしらね」

「……」

大筋を正直に話してはみたものの、これを信じるかどうかはルクス次第だ。何より、本来はティアの口から聞くべきことだと思う。だから、サクヤから言えるのはここまでだ。

「気になるなら、直接聞くのが一番よ。あなたはティアの隣に立ちたいと思っているのでしょう？　あの変態エルフと対等に渡り合いたかったら、まずそこのところを知っておく必要があると思うわ。あなただって、薄々《うすうす》気付いているんじゃない？」

これまでティアとして生きてきた人生経験だけでは、決して持ち得ない知識と技術を持っているのだ。もしかしたらという予想は立てられるだろう。ただ、それを聞かない理由もサクヤは分かっていた。

「……怖いんです。聞いたら、今の関係が壊れてしまうのではないかと……」

相手を信頼しているからこそ、知るのが怖いこともある。ルクスにとってティアの問題は、まさしくそれだ。

「聞いたら、ティアがティアではなくなる気がして聞けないのです……おかしいですよね。ティアはティアだというのに」

「おかしくなんてないわよ。だって、憎からず思っている相手のことだもの。知りたいけど知りたくないっていう矛盾《むじゅん》が出るのは仕方がないわ」

好きだからこそ、今見ている姿以外は見たくない。嫌いになりたくないからだ。けれど、好きだからこそありのままを知りたいとも思う。何もかも全部を愛したいと思うからだ。

その矛盾《むじゅん》は恋愛における大きなリスク。そこを乗り越えられるかどうかが分かれ道だ。

「けど、ルクス君はもう分かってるじゃない。あなたが愛したティアも、これから知ろうとするティアも同じティアよ。だから、決して切り離さないであげて。ちゃんと向き合って決めなさい。もちろん、あなたの気持ちに正直にね」

「……はい」

恋愛は難しい。何が起きるか分からない。ほんの少し気持ちがズレただけで嫌いになってしまうこともある、そんな不安定な気持ち。ティアを一途《いちず》に思い続けていられるシェリスを、サクヤは口にはしないが尊敬している。

思いを曲げずにいること。それが恋愛では一番難しい。だからこそあそこまでの異常な執着を持つのだろうと分析しているが、そこまで達するのにも相当の強い思いが必要だ。それだけでも尊敬に値《あたい》する。決して口にはしないが。

「ここから出てティアと合流したら、聞いてみると良いわ。もしもここの最下層まで行けたら、あなたは新たな力を手に入れることができる。それこそ、ティアの傍《そば》にいるのに役立つ力よ。考えておきなさいな」

「分かりました……」

サクヤは、自分が狡《ずる》いことをしているのに気付いている。ルクスに秘密を打ち明けることで、ティアが彼との絆《きずな》を深め、それがティアをこの世へ結び付ける楔《くさび》になってくれたらと思っているのだ。

あの時、自分達にはサティアをこの世に繋ぎ止めることができなかった。けれどティアが心から愛し、愛される存在がいたなら可能かもしれない。ルクスには、そんな存在になってほしいと願っている。

「あたし達も大概よね……」

今度は絶対に一人で逝《い》かないと約束させても不安なのだ。大切で、特別な、小さな友人。それをもう二度と手の届かない場所にはやりたくないと、サクヤは思い続けていた。

◆◆◆

二十一階層からは雪と氷の、青のフィールドだ。

朝にカルツォーネ、シル、フラムと別れたティアとシェリスは、マティに乗ってこの階層へやってきた。

ここでは猛暑から一転、一気に氷点下まで気温が下がる。だが、相変わらずシェリスの魔術によって、ティア達の周りだけは過ごしやすい温度になっているので問題はない。

《これ、何？》

「へ？」

二十一階層へと一歩を踏み出したマティが、不思議そうに前足で地面を擦《こす》る。

最初は何を聞かれているのか分からなかったティアも、マティが地面に鼻を擦《こす》りつけ出したことで、ようやくその意味に気付いた。

「あぁ、マティは雪を見るの初めてだったね」

そういえば、ティアもティアとして生まれてからは、未《いま》だに雪が降るところを見たことがない。

《ユキ？》

氷は見たことがあっても、雪は知らなくて当然だ。その時、ちらほらと雪が舞い始めた。これは幻ではなく、魔術によって作り出されているらしい。

「あ、ほら。これが雪だよ。雨と違って、寒いとこうやって地面に積もっちゃうんだ」

《むぐむぐ。うん。冷たくて美味《おい》しい》

「なんでもすぐに食べちゃダメ」

《はい……》

どんなものかもはっきりしていないのに口にするマティを叱る。普段からこうしてよく注意しているのだ。

「草でもなんでも食べていそうですね」

「そうなんだよね……未《いま》だにお腹を壊したことはないんだけど」

「それがないからいけないのでは？」

注意しても続けるということは、懲《こ》りていないのだ。つまり反省していない。

「そっか。普段は火王《ひおう》が見てくれてるけど、子どもには失敗させることも必要だよね」

「大人がすぐに手を差し伸べてしまっては、子どもの能力を低下させてしまいますよ」

「一人になった時に、いざって時の問題解決能力が働かなくなっちゃうんだよね……うん。こっちも反省した」

《……ごめんなさい……》

背後で始まった教育論のおかげで、マティもちゃんと自分が悪かったのだと反省したようだ。

「ふふっ。まぁ、マティのことはこれくらいにしておいて。ここの魔獣、どうなってんの？」

「私が思うに……冬眠ですね」

「やっぱり？」

雪原をサクサクと何事もなく進むマティ。そう、まだ何事も起きないのだ。

「あれかな？　これも妖精さん達がリアルを求めた弊害《へいがい》？」

「あり得ますね。くだらない細かな設定までしているようですから。まず、あるはずの道が雪で埋まっている時点で、おかしなこだわりを見た気がします」

「そういえば、昔はちゃんと道があったもんね。長年、人が通らなかったから、雪に埋もれましたって言いたいのかな……で、獲物も少なくなったし冬眠ってわけ？　変なところでプロ意識が高いんだね」

これまでの傾向から、そんなこともあるだろうと納得してしまうティアとシェリスだ。

《誰も襲ってこない……》

妖精に作り出された魔獣や魔物の気配は感じるが、それらは冬眠中と思われるため、動く気配が全くない。

「この辺、襲撃には絶好のポイントなのにね」

「ええ。木々の間隔と地形から、これ以上ないほどのベストポイントです」

ここで襲撃してくるだろうと予想できるような場所だ。感じられる気配の位置から考えても、ここだと思う。だが、その動くはずの気配は、やはり動かなかった。

「……ダメそうだね」

「冬眠で決定でしょう。このまま通過しますか？」

「まさか」

「ですよね。ティアならそう言うと思いました」

ここは制限時間もないのだ。スルーしてたまるものか。普通の冒険者は寒さに耐えきれなくなり、早く先へ進みたくなる。だから、あえて制限時間は設けられておらず、突っ切るのが当たり前のフィールドだ。しかし、魔術によって温度調節ができているティア達には関係ない。

「本来は足場の悪さと寒さに耐えながら進む我慢強さと、進路を妨害する魔獣達を効率よく倒し、いかに早く進むかっていう判断力を養《やしな》うための設定なんだよね」

「そうです。発狂するギリギリを攻めるという、マティと私の案です」

「うん。なんとなく分かってた」

この意地の悪い設定がマティアスとシェリスの案であろうことは、ティアも予想していた。寒さに震えながら歩いても、雪に足をとられてなかなか進めず、更に魔獣達が襲いかかり、進行速度を遅らせる。そうしているうちに、冷え切った体は動かなくなり、道半《なか》ばにして心が折れる。なんと恐ろしいフィールドだと思わずにはいられない。

《そんなに大変じゃないよ？》

マティは雪がどれだけ深くても、この白い雪原を歩くのが楽しいらしい。本当に真っ白で、なんの跡もない雪原なのだ。自分の通った場所にできる足跡が嬉しくて仕方がないのだろう。

「邪魔者も出てこないしね。それじゃあ、マティ。こっちから奇襲をかけちゃおうか」

《おぉ～、奇襲……お宅訪問ってやつだね》

「え？　違うけど、そうなっちゃう？」

「なりますね」

言っていることは無茶苦茶で間違っているはずなのだが、巣穴に奇襲をかけるので結果的には合っていると、シェリスも同意してしまった。

「ま、そんな感じで。一つずつ丁寧に回ろっか」

《マティ知ってるよっ。最短ルートを割り出して、見落としがないようにコースを決めなきゃダメなんだよね》

「そうそう。一軒でも見落とすとクレームがくるからね」

《うん。みんな平等にだねっ》

「そういうこと～」

こうしてティア達は、冬眠中の魔獣達をわざわざ起こし、勝負を挑んで早々に殲滅《せんめつ》。このフィールドも容赦なく攻略していくのだった。

雪原を駆け抜け、全ての魔獣を倒したティア達は、青のフィールドで最後となる二十五階層へやってきていた。

「そろそろ、ここの担当さんに会いたいんだけどなぁ」

ティアは魔獣を倒しながらも、この青のフィールドを統括する妖精を探していた。

「いませんね……もうこの階層も終わりなのですけど」

シェリスも気にしていたのだろう。いくらなんでもサボりすぎなのだ。シェリス自身が案を出し、設定したフィールドだ。管理はどうなっているのかと、一言どころではなく物申したいらしい。

「これだけ暴れれば、出てきてもおかしくないと思うんだけどね」

「いっそのこと、もっと派手にいきますか？」

「それイイね」

ニヤリと笑ったティアは、マティから飛び降りる。

《主《あるじ》、何するの？》

「ふふふっ。マティもそろそろ雪に飽きてきたでしょ？」

《うん。白って、砂の時にも思ったけど、目がチカチカしてくるんだよね。そんなに冷たくはないけど、そろそろ肉球が痒《かゆ》くなってきた……》

ティア達の周りだけは適温に保たれているとはいえ、直接触れる雪の冷たさは感じるのだ。

自慢の肉球が霜焼《しもや》けになりそうだと、マティが前足を片方上げて確認していた。

「歩きにくいしね。それじゃ……丸裸にしてやりますか」

鋭く目を細め、そう言ったティアは魔力を高める。

「【時回廊《ときかいろう》】」

魔術で体を成長させたティアの今の年齢は、二十代後半といったところだ。服装も変わっており、騎士が纏《まと》うような長いジャケットを着ている。黒い装飾が上品で、しかしその生地の色は、鮮やかな赤だった。濃い茶色のズボンに革のブーツを履《は》き、手には『紅姫』を手にしている。高い身長のせいもあり、そのシルエットはとても美しい。

《主《あるじ》っ、カッコイイっ‼》

「ええ。カルに勝てますよ」

この姿で街を歩いたならば、間違いなくカルツォーネ並みに注目されるだろう。

「ふふん。カル姐《ねえ》と気兼ねなく買い物できるようにって考えたんだ」

《おぉ〜っ。絶対にみんな避《よ》けてくれるねっ》

「……カルのためなんかにっ……」

理由が羨《うらや》ましすぎると、シェリスは少々むくれていた。

「あははっ。だって、これくらい迫力出さないと、カル姐《ねえ》とは買い物もできないんだよ。すぐに囲まれちゃうんだもん」

ティアとしても真剣に悩んでいた。そして、ついこの間、マティアスと出かけた時は皆が避けて通ったという話をカルツォーネから聞いたのだ。

「母様くらいの派手さがないとダメだって知ってさ。それならって、考えたんだ」

二十代ぐらいでなければ、この服装は合わない。それに身長も大事だ。顔を変えることはできないが、今のシェリスの態度や、何度かこの姿で出歩いた時の人々の反応を見るに、なかなか悪くないと思う。

《それで、それでっ。どうするのっ？》

次はどうするのだと期待に目を輝かせるマティ。ティアの手にしている『紅姫』を見て、すごいことになると予感しているのだろう。

「こうするんだよ」

そう言ってティアは、『紅姫』に炎を纏《まと》わせる。そして、それを水平に薙《な》ぐようにして雪原に放った。

《わわっ》

放たれた炎の帯は、ティアの魔術の波動だ。雪が一瞬で溶けて蒸発し、妖精がこのフイールドに仕掛けた障害物や植物なんかも全て消していく。

「お、ギリギリだったかも？」

《ちょっとペキっていったね》

ティアとマティが心配したのは、炎が突き当たりの壁まで到達しなかったかということだ。

一応、ティアも手加減はしていた。本気でやれば、山さえも両断できる威力となる。かなり抑えて放たれた一撃は、耳の良いマティが言うに、ほんの少し壁を抉《えぐ》っただけらしい。

「危ない、危ない。けど、これで歩きやすくなったし、階段も見つかったね」

「妖精もいました」

シェリスが目を向けるのは、階段の入り口の上にある小さな窪《くぼ》みだった。

「えっ、どこどこっ？」

《あ、本当だ。でも……寝てるよ？》

「……おい……」

近付いてみれば、何年寝ているのかと思ってしまうほど、深く安らかに眠る妖精がそこにいた。

「職務怠慢《たいまん》ですね。吊るしましょう」

「さすがにイラっとくるもんね。氷漬けにして妖精王に突き出そうかな」

《はいはいっ。マティが首から提《さ》げるぅ》

氷漬けにしてもいいよとマティが言う。マティも妖精をどうにかするのは賛成らしい。

ティアは氷漬けにした妖精を紐《ひも》で吊るして、マティの首にかけた。

「うん。いいね」

「有言実行ですね。さすがはティアです。それで……その姿はいつまでもつのですか？」

シェリスは、ちらりとティアに視線を向けて尋《たず》ねた。

「ああ。このダンジョン自体に結構な魔力が満ちてるから、当分このままでも大丈夫だよ？　なんか、私の魔力も最初の頃よりかなり増えちゃったから、今は外でも半日は余裕でもつんだ」

「は、半日っ！」

「どうかしたの？」

「いいえっ。半日ももつのなら……」

首を傾《かし》げるティアから、慌てて目をそらすシェリス。その後、何やら考え込む素振りを見せながら、ブツブツと呟《つぶや》いていた。

二十六階層。ここは闇が支配する黒のフィールドだ。

至るところにアンデッド系の魔物が現れ、不気味な音をさせている。しかし、こんな状況では闇というイメージも、必ずしも恐ろしいものではなかった。

「なんかさ。前も思ったけど、闇の世界っていうより、夜の町って思うのは私だけ？」

「大丈夫です。私も思っていましたから」

《明かりの少ない、おっきな夜の町～》

まさにそれだ。

淡い不気味な明かりが所々に浮かび、黒い家々が並べられている。大通りにはスケルトンが闊歩《かっぽ》し、賑《にぎ》やかに感じるほど、カタカタと音を立てていた。

道は石畳になっており、綺麗に整備されている。砂や雪のように歩きにくいということもないので、今はマティの背から降り、ティアとシェリスの二人で並んで歩いていた。

ティアが成長した姿のままであるためか、シェリスとの距離がいつもより近い。だが、そのことには気付かないふりで通している。

「ただのゴーストタウンですね」

シェリスの身もふたもない言葉が、虚《むな》しく響いた。

自身の発した声が完全に消えたのを確認しながら、シェリスは感覚を研ぎ澄ます。

「おや。これで出てくると思ったのですが」

「うん。あの人なら今ので出てくるかなって思ったんだけどね」

『ただの』ゴーストタウンと軽んじれば、その人が文句を言いにやってくるはずだったのだ。しかし、近付いてくる気配どころか、ここにいるかどうかも怪しい様子に、シェリスは諦《あきら》めたらしい。そして、あっさりと提案した。

「先に進みますか」

「だね。もっと派手に動けば、そのうち出てくるだろうし」

《誰かと待ち合わせ？》

ティアとシェリスの会話に、マティが首を傾《かし》げた。

「待ち合わせじゃなくて、おびき出し？」

「向こうから出迎えに来てもよさそうなものですよね」

「そうそうっ。あの人マメだもん」

《じゃあ、その人も寝てるのかな？》

「あ～……」

ティアとシェリスは揃《そろ》って、マティの首にかかっている氷漬けの妖精へと目を向ける。

ありうるかもしれないと思ったのだ。

「あれでも一応、王の側近なのですけれどね。これまでのフィールドを見るに、管理が行き届いていませんでしたし」

「ボーンドラゴンとか、いくらなんでも見落とすはずないもんね」

妖精王の側近であるその人は、この黒のフィールドを統括しており、更にこのダンジョンの全てのフィールドを管理・統括しているのだ。

隙《すき》なく周りを見回し、整えるのが得意な人だった。だから、ここまでの各フィールドで起きていた問題に気付かないのはおかしい。

「とりあえず、進んでみようか。なんか面白いことになってるし」

「一体何が始まったのでしょうね……」

《お祭り〜っ》

ティア達の前で、実に不可思議なことが起きていた。スケルトンや他のアンデッド系の魔物達が、なぜかティア達には見向きもせずに、同じ場所へと集まり出したのだ。

「なんか、楽しそうなんだけどっ」

集まった場所は町の広場。大きな噴水を囲む広い通路や道の先に、何やらセッティングし始めた。

「ねぇねぇ、これって……あ、あれだよっ。ただ走るだけじゃないから熱中すること請け合い！　足腰が鍛《きた》えられ、走りながら素早い状況判断能力までも養えるっていう、画期的なっ……障害物競走っ‼」

ティアはたちまち目を輝かせた。

「昔、城でも定期的にやってたんだけど、子どもは参加しちゃダメだって言われたんだよね～っ。是非とも参加をっ‼　受付はどこっ⁉」

「ティア、落ち着いてください！」

ティアは興奮のあまり、この奇妙な状況を受け入れてしまっている。

「だって見て見てっ。なんか、コースはこの階層だけじゃないっぽいよっ。二十九階層までが会場みたいっ」

「確かに……そのようですね……」

シェリスも下の階層へと意識を集中させ、それを感じ取った。

ティアは落ち着いて更に意識を集中させる。長く楽しいコースが出来上がっているのが、魔物達の気配で分かった。だから、ティアとシェリスは目の前のスケルトン達の動きに気付けなかったのだ。

《ねぇ、マティの目がおかしいのかな？　ガイコツさん達がおいで、おいでってしてる

よ？》

「「え？」」

そこには、ティア達を手招きするスケルトン達の姿があった。

カタカタと顎《あご》を鳴らし、滑《なめ》らかな指の動きで手招くスケルトン達。そして、その近くに『スタート地点』と書かれた横断幕が掲《かか》げられた。

《選手入場～って感じ？》

マティもなんだかソワソワしてきたようだ。

「はいはいっ！　今行きま～すっ」

「ティア……分かりました。参加しましょう。魔術の制限はないのでしょうか」

そう言いながら近付けば、スケルトン達はカクカクと頷《うなず》いた。

「ならば、行きましょうか。おそらくゴールは王の間への入り口かと」

「うん。三十階層まで行くつもりで走るよぉ～」

スタート地点には、スケルトンはもちろんのこと、鎧《よろい》騎士や死霊犬、グールといったアンデッド達が十体ほど並んでいた。どうやら彼らが参加者らしい。ここへ来いとばかりに中央を空けて、目らしき一対《いっつい》の怪しい光をティア達に向けている。

その場所へと、ティアは既に走り出していた。

《マティに乗らないの？》

マティは、背に乗るようにシェリスを促《うなが》す。

「では、私達はティアのサポートをしましょう」

そう言ってシェリスはマティの背に乗る。それを確認したマティは、嬉しそうに駆け出した。

《主《あるじ》～、待って～っ》

こうして二十六階層から二十九階層までの広大な四階層をコースとする、障害物競走が始まった。

◆◆◆

そこは、二十九階層の最奥。三十階層へと続く階段は、とある建物の中にあった。

《フィン様》

数刻前から、幾度となくその声が響いていた。建物の上部には高く広い空間があり、部屋の仕切りもない。そのため、小さな声でも良く響く。

《フィン様》

聞こえないはずはないのだ。しかし、棺《ひつぎ》の中で眠るその人は、一向に返事をしなかった。
《起きていらっしゃいますよね。どうか、一度王のもとへ》
《……》
ゆっくりと目を開けたその人は、天井の一点を見つめる。
こうして何もせず、眠るでもなくただ閉じこもって、一体どれほどの時間が過ぎたのだろう。らしくないとは思いつつも、胸につかえた黒いものが疼《うず》くのだ。それは後悔と失意の塊《かたまり》。
《フィン様……》
入れ替わり立ち替わり、配下の者達が声をかけにくる。それでも動こうとは思えなかった。煩《わずら》わしいと感じることさえない。それほど誰の言葉も心に響かなかったのだ。
その時、いつもは静かなはずのこの場所に、外の音が聞こえてきた。
《フィン様、誰かが……挑戦者が来たようですっ》
《っ……？》
ここまで来られるような実力者がいるとは思えなかった。
特にこのフィールドには、かつてここのダンジョンを遊び場にしていた者達以外、辿《たど》り着けるわけがない。

《ただの挑戦者にしては賑《にぎ》やかですね……確認して参ります》
そう言って配下の者が出ていく。その人は音に耳を澄ますと同時に、気配を読んだ。
そして、通常よりも多くの魔物や魔獣が出現していることに気付いて眉を寄せる。
配下に指示した数の三倍以上という状況に、几帳面《きちょうめん》なその人は少々苛立《いらだ》った。しかし、そこで挑戦者の気配が意識に引っかかり、ドキリとする。
何百年ぶりかに体を起こしたその人は、驚きに目を瞠《みは》りながらも、その気配を更に感じようと集中した。
《森の……。それとこれは……サティアちゃん？》
懐《なつ》かしい気配と、あるはずのない気配。それはもう、すぐそこまで近付いていたのだ。

◆◆◆

二十六階層からスタートした障害物競走は、一時間を経過したところで、先頭の選手が最終の二十九階層へと辿《たど》り着いていた。

「次は針山⁉　ってか槍山《やりやま》⁉」

先頭を走っているのはティアだ。その前方には、道幅いっぱいに槍《やり》の坂が作られていた。その先は全く見えない。

　ここまでの障害物を思い出して、やはりダンジョン自体の難度が上がっていることを確認する。滑《すべ》る氷の道くらいは楽勝だが、百回連続の火の輪くぐりはきつかった。腐った卵が敷き詰められ、更にそれを投げつけられる道。五十もの大きな刃物が振り子のように揺れる道などなど。時に苛《いら》つき、時にヒヤリとする。実にバラエティに富んだ大掛かりなコースが展開されていた。

「シェリー、マティ。大丈夫？」

　後ろを振り返れば、それほど距離を空けることなくついてきているシェリスとマティがいた。

《まだ鼻がおかしいいぃいぃいっ》

「……っ……この私に卵を投げつけるなどっ、いい度胸ですっ……」

「あ～、あはは……ビミョーに大丈夫じゃないみたいだね？」

　マティは腐った卵の臭《にお》いにやられてしまったようで、顔を歪《ゆが》めながら鼻を鳴らす。更に、自慢の尻尾《しっぽ》に汚れがついたと、しきりに激しく振っていた。

　その背に乗るシェリスも、ティアを守ろうと魔術を駆使した結果、投げつけられた卵の一つを避《よ》け損ねたらしい。魔術で汚れは落ちたようだが、残ったその臭《にお》いにご立腹だった。難度の高い危険な障害物ではなく、最も原始的な攻撃にやられてしまったのだ。

「え、え～っとシェリー。まだ後続のグループも来てないし、この辺でちょっと臭《にお》いを取ろうか」

ティアは槍山《やりやま》の前でマティとシェリスを待つ。

《マティもどうにかしたいぃぃぃ》

「はいはい。ひとまずマティはこれでも舐めて待ってて」

そう言ってティアがマティに渡したのは、甘い果汁を煮詰め、砂糖で固めた飴玉だ。大きいマティ専用に、大人の拳《こぶし》大に作った特大サイズである。

《わぁ～いっ。はむむむっ》

「噛まないようにね」

《んむぁ～ひ》

一応返事はしたようだ。大人しくお座りをして、口の中でカラコロと転がしている。

「シェリー、ここに座って。シェリーの魔術でも消せないって相当だね」

ギャラリーもいないことだしと、近くにあったベンチにシェリスを座らせる。

「んん？　そんなに言うほど臭《にお》わないよ？　シェリーも鼻に臭《にお》いが残ってるだけじゃない？」

「そうなのでしょうか……髪の辺りに違和感があるのですが」

「あ～、うん。でも、ちょっと絡まってるくらいだよ。臭《にお》いの元は……マティの尻尾《しっぽ》だね」

「……なるほど……」

《ふむぁ？》

ご機嫌に揺れるマティの尻尾《しっぽ》。その毛の一部にはまだ汚れがついていた。それを魔術で落とすと、臭《にお》いがかなり和《やわ》らぐ。

「ちょっと水分補給もして、っと。後は……シェリーの髪を梳《と》いてもいい？」

「え、ええ……」

いつもより背が高いティアは、少し屈《かが》み込むようにした。そのせいでシェリスとの距離が近くなる。

珍しく体を強張《こわば》らせるシェリスを不思議に思いながらも、ティアは彼の長い髪を櫛《くし》で梳《と》く。

臭《にお》いが気になるシェリスのために、お気に入りの花の香りがする精油を、ほんの少しだけ髪に馴染《なじ》ませた。これに気付いたシェリスが肩の力を抜いて、香りを楽しむように目を閉じる。

「良い香りですね……これは……ティアの香りです」

「私の香り？　確かに昔から使ってたかな」

「ええ。出会った頃もこの香りでした。ナイトランスの花の香りですね」

真っ白で、長く尖《とが》ったような花を咲かせるナイトランス。騎士の槍《やり》を意味するその名の由来は、咲き方にあった。なぜか四本ずつ集まり、花はそれぞれ四方に分かれて咲く。

そして、その四本の花の中心に守られるようにして、他の花や薬草が一つか二つ咲いているのだ。それはまるで主《あるじ》を守る騎士のようだということから、この名が付いた。

「母様も使ってたはずだけど」

「そうでしたかね？　覚えていません」

「そうなの？」

「ええ。覚えたのはティアの香りだけです」

「う、うん……そっか。嫌いな匂いじゃないなら良かったよ」

深く考えるのは怖いのでやめておくティアだった。

「できた。あとはマティの尻尾《しっぽ》だね。そろそろ追いつかれそうだし、早いところ出発しよう」

ティアは、マティの尻尾《しっぽ》にもナイトランスの精油を使おうとした。だが、なぜかシェリスに止められる。

「マティにはこちらをどうぞ」

「うん？　あ、確かに、こっちの甘い匂いのほうがマティは好きかも」

「はい。皮膚病予防にもなる生薬《しょうやく》配合です。プレゼントしますよ」

「本当っ？　ありがとうっ」

ティアは少々感動しながら、もらった精油をマティの尻尾《しっぽ》につけていく。

《んむ……いい匂いらねぇ》

「あんまりキツくないし、良いかもね。シェリーにちゃんとお礼言って」

《ありがとうっ。マスター》

「どういたしまして」

その笑顔は、一瞬何かを含んでいるようにも見えたが、ティアは気のせいだと思うことにした。そろそろ出発しないと、本当に後続が来てしまう。

「よし、ゴールも近そうだし、行きますか」

そう言ってティアは槍山《やりやま》へ向かう。それを前に、どうしようかと考えた。

「切り倒したとしても、歩きにくいもんね。なら、やっぱりこの上を行くしかないかな。でも、そうすると……」

ティアの持つ『紅姫』を一閃《いっせん》すれば、刃の部分は切り倒せる。だが、その刃が邪魔になるのは分かっているし、地面に立ったままの棒を避《よ》けながらでは歩きにくい。ならば、刃が届かない高さに道を作ってそこを行けば良いのだが、ここで一つ問題があった。

「使える素材がないんだよね。ここには土もないし。シェリー、あの建物とかも妖精が再現してるんだよね？」

「そうですね。そうなると、やはり水しかありませんか……」

魔術にも限界がある。特に、土属性はダンジョン内では注意が必要だ。下手に使おうとすると、土でできた壁や床を抉《えぐ》ってしまう。礫《つぶて》くらいならば、大気中の塵《ちり》を集めることで作り出すことが可能だが、人が通れるだけの強度と大きさの道を作るとなると無理がある。

「でも、これだけの勾配《こうばい》があると、氷は滑《すべ》るよ？」

大気中から最も集めやすいのは水だ。それで道を作るとすれば氷の道しかないだろう。だが、どうしても目の前の槍山《やりやま》を越えるためには坂道になる。そうなれば登ることは困難だ。

《マティの肉球でも氷は滑《すべ》るからね》

「だよね？　それじゃ……ん？」

そこで周りの建物の窓にスケルトン達が集まってきていることに気付いた。

「……またアレをするつもりではないでしょうね……」

シェリスが黒い空気を纏《まと》い始める。

「いや……卵は持ってないっぽいよ？」

そう、それはこの階層へ来る前。腐った卵をぶつけられた時のことだ。スケルトン達がティア達の行く道を囲む建物の中から、卵を投げつけてきたのである。

その状況に、ものすごく酷似《こくじ》していた。ただし、あくまで状況だけだ。彼らの手に卵らしき物は見えない。おそらく、ただ見物しに来ただけだろう。ティア達がどうやってこの槍山《やりやま》を越えるのかと興味深そうに見ているのだ。

《なんか、卵を持ってないって分かってても、ムッとするね》

「目障《めざわ》りです」

「そ、そうだね」

あの臭《にお》いと当てられた時の屈辱《くつじょく》を思い出したのだろう。せっかく機嫌の直ったマティとシェリスがまた苛立《いらだ》っていた。

これは一刻も早くこの場を離れるべきだと感じたティアは、早急に打開策を考える。

そして、窓から身を乗り出すスケルトン達を撃ち落とさんとばかりに睨《にら》む、シェリス達の様子で思いついた。

「あ、ねぇ。スケルトンを倒すのって、完全に粉々にしなきゃダメだったよね？」

「ええ。ただバラバラにしただけでは、しばらくすると再生してしまいますから」

「それは、ここのスケルトン達も同じだよね」

「そのはずです。やってみますか」

そう言って、シェリスは風の弾を一体のスケルトンへと放った。

身を乗り出していたスケルトンは窓から落ち、バラバラとその骨を散らばらせる。だが、死ぬことはないため、他の魔獣や魔物を倒した時のように消えたりはしなかった。

そして数十秒待つと、その骨が組み上がり、元のスケルトンの形を取る。その後、再び建物へと入っていった。

《すご～い。一本だけどっかに隠したら面白そう》

「あ、それやったことあるなぁ。なんか、ないないってあたふたしながら探し回ってたよ」

《何それっ。やってみたいっ》

「あんな見た目でも表情が分かるんですよね。あのリアクションは面白いです」

シェリスもスケルトンいじめをやったことがあるようだ。その滑稽《こっけい》な姿は何度やっても飽きなかった。どうも骨が一本足りない状態は、スケルトン達にとって落ち着かないらしい。襲ってくることも忘れて慌てふためいていたのを覚えている。

「またやりたいけど、今は……」

そう言ってティアは『紅姫』を構え、槍山《やりやま》を一直線に薙《な》ぎ払った。

一本の道ができたが、槍の根元は残ったままだ。

「さてと。それじゃあシェリー。風の玉であのスケルトン達を包んで、道の上まで持ってきたいんだけど」

「はい？　あれらを運べば良いのですか？」

ティアの不可解な注文に、シェリスは首を傾《かし》げる。

「そうそう。そんで、この道を埋めるんだよ。スケルトン達をバラバラにした骨で」

「なるほど。骨を敷き詰めるんですね」

「うん。棒の隙間《すきま》を骨で埋めるの。そうしたら、数秒だけでも歩きやすくなるもんね」

「分かりました」

未《いま》だ突き立っている槍《やり》の棒。折れた刃の部分は、それらの隙間《すきま》に落ちている。棒の上を行けば、その刃に傷つけられることもない。

シェリスとティアは、スケルトン達を一体ずつ風の玉に閉じ込めて、その折れた槍《やり》の上に浮かべる。そして、マティがそれを撃ち落とした。

《バラバラ〜》

充分に敷き詰められたスケルトン達の骨によって、そこは白い道に変わる。

「よし、行くよ」

「ふふっ、いい気味です」

《シカバネを越えてゆけ～♪》

こうして、ティア達は無事に槍山《やりやま》を越えることができたのだった。

◆　◆　◆

一方、別ルートにいるルクスとサクヤは、最後の部屋に辿《たど》り着いていた。

「これは……壮観ね」

「何十体あるんでしょう……」

王の謁見《えっけん》の間を思わせる広い場所。左右の壁際には、黒い騎士の鎧《よろい》がずらりと並んでおり、とても見応えがある。それらを見回しながら、中央に敷かれたカーペットの上を進んでいく。カーペットは一般的な赤ではなく、濃い青だ。それが真っ白な壁や天井を際立たせていた。

目を凝《こ》らせば、玉座があるべき場所には壁と同じ白い台座があり、そこに黒い剣があった。ただし、どうも突き刺さっているのではなく、フヨフヨと浮いているようだ。

「普通、剣は刺さっているものではないのですか？」

「そ、そうよね？　浮いてるって……どういうことかしら」

こういった場合、剣は台座に刺さっており、それを引き抜くことで剣の使い手として認められるのではないだろうか。そのお約束が裏切られたことで、ルクスもサクヤも少々警戒しながら進む。

しかし、中ほどに来たところで、剣がピタリとその動きを止めた。

「なんだ？」

ルクスが声を上げると同時に、剣はゆっくりと横になる。そして柄《つか》の側をルクス達の方に向け、そのまま飛んできたのだ。

「はぁっ？」

「ちょっ、自《みずか》ら飛んでくるってのもおかしいでしょっ！」

だが、突き刺さるような勢いでやってきたかと思えば、ルクスの手にすっぽりと収まる。

「へ!?」

驚く二人。それが合図であったかのように、両側にいる鎧《よろい》達が急に抜剣した。足を一つ打ち鳴らし、ガシャンと音を立てて一斉にこちらへ顔を向ける。

「も、もしかして……っ」

サクヤは顔を真っ青にして素早くルクスから離れた。

「えっ、先生っ⁉」

《コレヨリ、最終試験ヲ開始シマス》

「うぇぇ⁉」

かつて出したことのない声をルクスが発する。そしてついに、鎧《よろい》達がルクスに向かって動き出した。

「ちょっ」

ルクスが手にした剣は、いつの間にか黒ではなく青い色を纏《まと》っていた。その上、見た目ほど重くはなく、手に馴染《なじ》む感覚を不思議に思う。

説明を求めるようにサクヤを探すと、びっくりするほど遠くに避難していた。具体的に言えば、入り口近くにある柱の上だ。まるで猫のように身を縮こまらせている。

「ル、ルクス君、ファイト！」

「そこで言います⁉」

こうしてルクスと鎧《よろい》の戦いが始まった。鎧《よろい》の数は百体を超えており、その全てがルクスへと殺到したのである。

「怪我の治療は任せて！」

「治療ではなく攻撃！　攻撃してくださいよ‼」

もちろん、治療魔術を施《ほどこ》してくれるだけでも有難いことなのだが、この数を一人で相手にするのはかなり厳しい。しかし、サクヤは決して攻撃しようとしなかった。

その理由はこれだ。

《援護ハ認メラレマセン。排除対象ニナリマス》

「攻撃しませ～ん！　ってことで、ルクス君ガンバっ。大丈夫、君ならできる！　ティアが作った薬も用意しとくねっ」

「はいぃぃぃっ⁉」

こうしてルクスは、体力、魔力、精神の全てが限界ギリギリになるまで、たった一人で剣を振るい続けることになるのだった。

第六章　女神と妖精王の謁見《えっけん》

「ん？」

「どうしました？」

足を止め、思わず振り向いたティアに、シェリスが気付く。

「いや、なんかルクスの声が聞こえたような……？　気のせいかな」

「近くにはいないようですけれどね」

「だよね」

声が聞こえるほど近くにいないのは分かっていた。空耳かと思い、再び足を進める。

槍山《やりやま》を抜けた先にあったのは、一際《ひときわ》目を引く大きな建物だった。

「神殿？」

ティアは首を傾《かし》げた。領都サルバにある神殿に似ている。

「あれは……サティアの神殿の造りです」

「え？」

ティアにはどういうことか分からなかった。

「以前の神殿は、特に造りが統一されてはいなかったのですが、四つ角に尖塔《せんとう》が建っているでしょう。あれが、あなたを護《まも》る騎士達を表しているのです」

「……そんなこと気にしたこともなかった……」

神殿といえば、高くて白い建物であり、いくつもの窓が美しく計算されたように並べられている、という印象しかなかった。

「騎士……」

確かにサルバにある神殿も、四つ角に高い尖塔《せんとう》が建っていたのを思い出す。

ティアの複雑な様子を見たシェリスは、さりげなく話を変える。

「このような形になったのは、つい最近です。三百年ほど前でしょうか。国の建て直しと同時期だったと思いますから、これを再現した妖精は、その頃まで外に出ていたのでしょうね」

妖精がそんな最近の事情を把握していることに、シェリスは感心しているようだ。

シェリスが神殿の造りに詳しいのは、ティアに関係していることだからだ。そして、この神殿を再現した妖精は、サティアを知っている。しかも、その死を悼《いた》んでいるのかもしれないと思うと興味が湧いたらしい。

「入ってみましょう。どのみち、次の階層の入り口はこの奥にあるようですから」

「うん……ゴールもこの中って感じだしね」

ティアにとって神殿は、居心地の良い場所とは言えない。なるべくならば近付きたくないと普段から思っている。近付いただけで勝手に魔力を補充されるのだ。その感覚には違和感しかない。更にシェリスから聞かされた情報のこともあり、ティアの足取りは重かった。

神殿の扉を開けようと手を伸ばしたシェリスが、何かを感じ取ってその手を止める。

「どうかしたの？」

「ええ……どうも、特殊な鍵が必要なようですね」

ティアはシェリスの見つめる場所を覗《のぞ》き込む。

そこには何かをはめるためであろう、丸い窪《くぼ》みがあったのだ。

「封印されてるの？」

「そのようです。扉に触れると、怪我をしますよ」

結界のトラップだ。これは封印術に見られるもので、正しい鍵がなければ触れることができない。結界であるために、魔術も跳ね返される。術者の力にもよるが、破壊による突破はできないのだ。

ティアとシェリスは神殿を見上げ、驚いていた。これほど大きな建物を封印する結界など、見たことがない。その上、ティア達でさえ壊せないほど強固だ。

「建物全てを覆《おお》う封印術かぁ。ダンジョンの特性を活《い》かしてるんだろうけど……」

魔素《まそ》の多いダンジョンの中だからこそ可能な荒技だ。いくら妖精達の魔力が高くても、これだけの建物を封印するには相当の魔力が必要となる。

しかも、常に一定量の魔力を供給しなくてはならないのが封印術なのだ。小さな物を封印する場合は、それほど魔力を必要としないため、周囲の魔素《まそ》を蓄積し続ける魔導具を使えば、半永久的にこれが可能となる。だが、これほどの大きな物を封印するとなると普通ではない。

「これは維持するのに相当な魔力を消費するよね。周りの魔素《まそ》だけじゃ補えない」

「でしょうね。ただ、妖精族は魔素《まそ》をすぐに自分の魔力に変換できるといいます。それが可能にしているのでしょう。我々にはできないことです」

「うん。私もだいぶ魔力量が多くなったけど、これをやるとなると多分、一日ももたない」

人族はもちろん、シェリスのようなエルフやカルツォーネのような魔族にも不可能だろう。そう考えると、妖精族というのは凄《すさ》まじい魔力を秘めていると言えた。

《ねぇ。それで、鍵を探せばいいの？　さっきからチョロチョロしてるのがいるんだけど》

「へ？」

ティアが振り向くと、マティは背を向けていた。神殿の前の広場を見ながら、何やら尻尾《しっぽ》を振っている。

《むむっ、あれかな？　なんか色んな色に光る、綺麗な丸い玉を持ってるのが一匹いる》

「そんなのどこに？」

マティが見ている場所へ、ティアとシェリスも目を向ける。すると、何か小さな生き物達が、低い段差で囲まれた広場の中をチョロチョロと走り回っているのが見えた。

「あれって……」

「ボーンラットですね。普通は人前で動く姿を見せるものではないのですが……あの中から鍵を持つものを捕まえろということなんでしょう」

「なるほど。小《ち》っさいね……」

《あぁぁっ。マティ、もうガマンできないぃぃぃっ》

「あっ、マティ!?」

独特のチョロチョロ感が、マティの何かを刺激してしまったようだ。小さなボーンラットを捕まえるべく、喜々として駆け出していった。

「確かに一匹の体の中に鍵があるようですね。今、横切りました」

「速くない？　っていうか、ボーンラットが走ってるところ、初めて見た」

「私もです。森の中で見つけたとしても、死体のふりをしてますし、そうではないと気付く前に消えますからね」

「うん。素早いんだよね。でも確か、何かの薬の材料じゃなかった？」

「増血薬の材料です。それも、最高ランクの物ですね。ほとんど幻ですよ」

　素材として欲しくても、まず手に入らないのだ。暗い森の中など、隠れられる物が多い場所に棲息すると言われており、見つけてもただの白骨化したネズミにしか見えないため、そのまま見過ごしてしまう。もしかしてと思って二度見した時には、既に残像も残さず逃げているのだ。

「本当に速いんだね。あれじゃ捕まらないわ」

「ええ。こんな限られた空間内でならば分かりませんが、もし森で出会ったとしても、目で追うことさえ困難です」

　小さい上に素早い。たとえ森の中で見つけたとしても、捕まえることは不可能だろう。

「マティ。小さくなった方がいいかもよ」

《あ、そっか。よしっ。これならいけるっ》

　普段の子犬サイズになったマティは、小回りが利くようになったことで動きが良くなった。

ティアとシェリスは、広場と神殿を隔《へだ》てる階段に腰を下ろし、それを見物する。マティの動体視力はかなりのもので、素早いボーンラットを次々と捕獲していった。

「数も減ったし、そろそろ特定しやすくなったね」

「あと十匹といったところですか」

マティはティアの兄ベリアローズ達とやっている追いかけっこの要領で、捕まえたボーンラットを両前足で踏みつける。これによってバラバラにされたボーンラットは、順調に数を減らしていた。

しかし、肝心の鍵を持つボーンラットはまだ捕まえられていない。

「マティってば、楽しいんだね。この時間なら、普通はとっくに電池切れになってるのに」

「お腹が空《す》いたとも言いませんね？」

「あれ？　本当だ。ちょっと、はしゃぎすぎかな」

無邪気に駆け回るマティのおかげで、神殿を前にした時の暗い思いは払拭《ふっしょく》されていた。

《獲ったぁぁぁっ！》

ようやくマティが鍵を持つボーンラットを捕まえたらしく、誇《ほこ》らしげな声が響いた。

「意外と早かったですね」

「うん。よくあるパターンだと、最後の一匹がソレなのにね。まだ数匹残ってるなんて、すごいよマティ」

《褒《ほ》められたっ。はいこれっ》

マティが持ってきたのは、鍵となる宝珠《ほうじゅ》。それを受け取ったティアは、よくやったとマティを撫《な》でた。

これで進めると思い、神殿へ向けて歩き出すティアとシェリス。しかし、マティは残りのボーンラット達を物欲しそうに見つめていた。

「どうしたの？　マティ」

《まだいるし……も、もうちょっと遊んじゃダメ？》

普段とは違う小さく素早い獲物に楽しさを見出したようで、どうせなら全て捕まえたいらしい。どうしようかと迷いを見せていたティアだが、シェリスがあっさりとそれを許可する。

「もう数が少ないですし、それほど時間もかからないはずです。私とティアで先に中を確認してきましょう」

「そうだね。何がいるか分かんないし。マティ、存分に遊んでおいで」

《わぁいっ。あ、でも、もっと面白い相手がいたら呼んでよねっ》

そんなマティの言葉に苦笑しながら頷《うなず》き、ティアとシェリスは神殿へ向かう。

宝珠《ほうじゅ》を扉の窪《くぼ》みにはめると、結界が解かれ、光の粒子《りゅうし》が舞った。そして、全ての結界が取り除かれる。

「う〜ん……気配は一つ？」

「そのようですね」

鋭く目を細め、顎《あご》に手を当てるシェリス。それを不思議に思いながらも、ティアはゆっくりと扉を開けた。

光の入射角度まで緻密《ちみつ》に計算された美しい建物。それは、サルバにある神殿とそう変わらない。足音が妙に響く、天井が高くて何もない空間。中央の祭壇まですぐに延びる通路には赤い絨毯《じゅうたん》が敷かれ、その両脇に長椅子が整然と並べられている。

ティアは高い天井を見上げて呟《つぶや》いた。

「いつも思うんだけど、この高さって建物としては無駄な空間だよね」

屋根裏部屋でも作ったらいいのにと思うのだ。だが、シェリスがその必要性を説《と》く。

「神殿は、夜でも光が入るように設計されているのです。上の方にも窓があるでしょう」

「あ、そっか。天井の方にも窓がないと、こんな風に光が射し込まないよね……納得」

久しぶりにティアの知らないことを教えられたと、シェリスはご機嫌だ。

「ふふっ。あと、光が射し込む角度によって時間も分かるのですよ？　神殿の建物は決まって西側が正面となっていますから」

「そうなのっ？　そういえば、神殿を見れば方角が分かるってカル姐《ねえ》が言ってたかも」

カルツォーネはその時、独《ひと》り言《ごと》のようにただ呟《つぶや》いていただけだった。誰かを追っている途中だったこともあり、なぜ神殿を見れば分かるのかと尋《たず》ねる機会を失っていたのだ。

「あとは、多くの人々が集まる場所ですから、閉塞《へいそく》感を緩和するためでもあるのですよ。それと、空間を作ることで魔術での拡声《かくせい》がしやすく、声がよく通るようにと考えられているのです」

「確かに響くもんね」

通路をゆったりと歩きながら、ティアは珍しい夜の神殿を体験していた。フィールド内ではあるものの、神殿の上には月があるようで、足下がしっかりと照らされている。祭壇の上には、大きな剣が掲《かか》げられていた。もちろん本物ではなく、持つこともかなわない重さだ。これは、サルバの神殿にもあったと記憶している。

しかし、その剣を見たティアはドキリとして体を強張《こわば》らせた。

「……王家の紋章……」

剣に施《ほどこ》されているその紋章は、五芒星《ごぼうせい》に片翼《かたよく》と砂時計。それはバトラール王家の紋章だった。

「ティア……」

痛みを堪《こら》えるように歪《ゆが》むティアの表情を見たシェリスは、努めて明るい声で言った。

「良い機会ですね」

「え？」

突然どうしたのかと、ティアは紋章から目を離してシェリスを見た。

目が合ったことを確認したシェリスは、ティアの左手を取って、その場に片膝をつく。

「シェリー？」

訝《いぶか》しむティアに構わず、シェリスは微笑みを浮かべてティアを見つめた。

「ティア。私と結婚してください」

「っちょっ!? シェリーっ？」

「この想いは、ずっと変わりませんでした。貴女だけが、私の愛する人です」

「うっ。え、え〜っと……」

シェリスがいつでも本気なのは分かっている。だが、ティアの方にはまだ心の準備ができていない。

「ティア。ちゃんと指輪も用意しました」

「えっ？　ゆ、指輪っ!?」

「はいっ。なんでしたら、ドレスに着替えますか？　今のティアの姿にピッタリの物を用意していますよ」

「な、なんで……」

いつの間に用意したのか。それも、大人の姿になったティアにピッタリな物を用意していると言う。間違いない。この状況を前から狙っていたのだろう。

「え、えっと……シェリー……す、すぐには……」

「そうですよね。ドレスに着替えるには時間がかかりますし……あちらに部屋がありそうですから、そこで着替えてください。大丈夫。待っていますから」

「いや、そ、そうじゃなくて……」

「マティが来る前にお願いしますね。夜の神殿とは、とても神秘的です。せっかくですから、二人っきりで誓いをしましょう」

「……」

駄目だ。完全に暴走している。マティを遊ばせることにあっさりと頷《うなず》いた理由もこれだろう。

「さぁ、ティア」

「うっ……」

差し出されたのは白いドレスだった。それも、とても手の込んだレースの刺繍《ししゅう》や装飾が施《ほどこ》されており、一目で最高級品だと分かる。

誰か、この状況をなんとかしてくれとティアは願った。

その時、祭壇の裏から声が響いてくる。

《さっきから聞いてればっ、女の子を困らせるんじゃないわよっ!!》

その声と共に祭壇が吹っ飛び、それが狙ったようにシェリスへと向かってきた。

シェリスは、自分に向けて飛んできた祭壇を見ることなく、風の魔術でその軌道を変え、なんてこともないように避《よ》ける。

「やっと出てきましたか。危ないですね。ティアに当たったらどうするのです」

そこにその人がいることを、シェリスは既に知っていたらしい。さすがに祭壇が飛んでくるとは思っていなかっただろうが、下手に避《よ》けてティアに当たらないよう、咄嗟《とっさ》に判断したのだ。

《あなたが本当に想っている相手だと言うのなら、今のをどうにかするくらい造作もないでしょう?》

祭壇があった場所でシェリスに鋭い視線を向けていたのは、人と変わらない大きさの妖精。ティアも、その人に見覚えがある。

「フィンさん……」

そんな呟《つぶや》きが聞こえたその人は、ティアへと顔を向けた。

《あなたは？》

「あ、えっと……」

分からなくて当然だ。前世で会っていた頃とは年齢も姿も違いすぎる。しかし、シェリスはなぜ分からないのかと顔を顰《しか》めた。

「耄碌《もうろく》しましたね。フィンヴィヴァーレン」

《なんですってっ!?　失礼な！　それもどさくさに紛《まぎ》れてフルネームで呼ぶんじゃないわよ！》

「相変わらず、あの詐欺ギツネにそっくりです。性別ぐらい、はっきりしたらどうですか？」

《あたしは女で通ってるのっ。男の姿じゃ自信が持てないからって女に化けてる陰気な奴と一緒にしないでちょうだいっ》

彼……いや、彼女の名はフィンヴィヴァーレン。妖精王の側近で、シェリスに負けないほどの綺麗な顔をしている。その服装も女性らしく、妖精王と並べば王妃なのではないかと思えるくらいの派手さと迫力のある美人だ。本人は、長ったらしく可愛さのない名前が嫌いらしく、大概はフィンで通している。

「えっと……【解除】。お久しぶりです。フィンさん。覚えてますか？　サティアです」

魔術を解いたことで、十歳の姿になったティア。前世で出会った頃は八歳だったので、思い出してくれるか心配だった。しかし、ティアが纏《まと》っていた複雑な魔術が解けたことで、フィンはその魔力の波動を正確に感じ取り、思い出したようだ。

《まさか本当にっ、覚えてるわ……サティア……ちゃん？》

フィンは、そっとティアに近付く。その目には涙が滲《にじ》んでいた。それを見たティアは動くこともできず、ゆっくりと抱きしめられるのを静かに受け入れた。

《バカな子っ。なんで一言も相談しに来なかったのよっ。マティアスが死んだ時だって、なんの連絡もよこさなかったじゃないっ》

「……ごめんなさい……」

フィンは昔から世話好きで、サティアを何かと気にかけていた。ただ、このダンジョンを統括するという役目を持っているために、ほとんど外に出ることができないのだ。

妖精王は、妖精達が棲《す》むダンジョン全てに集まる魔素《まそ》の量を調整している。妖精達にとって、魔素《まそ》は力の源であり、生きる糧《かて》とも言えるもの。それを時に集め、時に散らす。

魔素《まそ》は濃すぎれば毒となるのだ。それは人にとっても同じで、ダンジョンへ挑戦しに来た者達にも悪影響を与える。

そんな妖精王を支えるのがフィンだった。

フィンは、全てのフィールドに魔素《まそ》が正しく巡っているかを確認する。そして、妖精達がフィールドを作るために使用する魔力の量を計算し、妖精王へ伝える。これによって、ダンジョン内は安全で快適な場所となるのだ。

その重要な役目のために、フィンと妖精王は、マティアスが死んだ時も、このダンジョンから離れられなかった。妖精王と共に、自分達の生きるダンジョンを守ること。それがフィンの全てでなくてはならないのだ。

「あの時は必死で、周りが見えてなかったんだと思う……だから……」

《分かってるわ。だいたい、サティアちゃんは一人でなんでもできちゃうんだもの。だから、誰かを頼るなんて考えがなかったんでしょ？》

そうだったかもしれない。シェリスやカルツォーネからも自覚させられた覚えがあるなと思い出す。

《どうせ、あたしのことなんて、これっぽっちも思い出さなかったんだわっ》

「そ、それは……はい。すみません……」

全くと言っていいほど思い出さなかったなと、ティアは苦笑する。これにはフィンもムッとしたようで、密着していた体を離すと、ティアの両肩を掴んだまま見下ろした。

《正直すぎるわよっ。ちょっとは否定なさいっ》

そう言われても仕方がない。そもそもティアは、誰かに助けを求めることを知らなかったのだから。

ティアが困り顔をしていると、これまで黙って見ていたシェリスが不機嫌そうに口を開いた。

「そろそろティアから離れていただけますか。鬱陶《うっとう》しいのがうつります」

《なんですってっ!》

「あなたのせいで、ティアが術を解いてしまったではありませんか。結婚の誓いという彼女の幸せな時間を邪魔しないでください」

《何よそれっ。はんっ、サティアちゃんのじゃなくて、あなたの幸せの時間よね？　勝手なこと言うんじゃないわよ！》

ティアから離れたフィンは、シェリスと正面から言い争う。

「……やっぱり、サク姐《ねえ》さんに似てるかも……」

こうしてシェリスといがみ合うところは、本当にサクヤと良く似ている。その上、つい先ほどまでの陰鬱《いんうつ》な空気が一気に変わってしまった。ティアに過去のことで負担をかけないように、シェリスもフィンも気遣っているのだ。ティアはそんな優しい友人達に感謝する。

しばらく、いがみ合う二人を笑顔で見つめていたティアだったが、ふと気配を感じて入り口へと目を向けた。器用に取っ手を引き、扉を開けて入ってきたマティは、再び大きな姿になっている。

《あ～、やっと開いたぁ。押しても開かないなんて……もっと子どもへの思いやりを持つべきだと思うんだよね》

ここの扉は外に向かって開く。どうやら小さいサイズのまま、何度か開けようとしていたらしい。それが無理だと悟り、成体の大きさになって試行錯誤《しこうさくご》し、ようやく開けられたようだ。

「あ、ごめんねマティ。楽しかった？」

《うんっ。全部やっつけた。あとね、なんかガイコツさん達が、ここを覗《のぞ》き込んでバンザイしてたよ？》

「万歳？」

《……あの子達……》

そう言って苦笑するフィン。
不思議に思うティアを見て、シェリスが呆れた様子で言った。
「大方、ウジウジ悩んで周りに心配をかけていたんじゃないですか？　部下に気を遣わせるとは、上司失格ですね」
《くっ……》
どうやら否定できないらしい。
「フィンさん。何か悩んでたの？」
《ちょっとね。側近失格だわって反省してたのよ》
「ずっと？」
《そうねぇ……五百……いや、もう少し長かったかしら？》
「それって……」
ティアは気まずそうに顔を歪《ゆが》ませた。それを見たフィンは慌てて取り繕《つくろ》う。
《あ、サティアちゃんのことじゃっ……その、もちろん、サティアちゃんのことでも落ち込んではいたんだけど……》
目をそらし、言うべきか言わざるべきかと視線を彷徨《さまよ》わせるフィン。しかし、すぐに諦《あきら》めたようにため息をつくと、視線を落としてそのまま口を開いた。

《うちの王様はね、マティアスが好きだったの。何度も口説《くど》いて、結局相手にされなかったけど、それでも愛する友人だったわ》

妖精王は、マティアスが結婚したことを知った時も落ち込んではいた。だが、マティアスが選んだ相手ならと納得し、祝福してくれたらしい。それは、ティアが娘として初めて顔を合わせた時にも感じられた。

《ずっと、変わらず生きていくんだって思ってたんだけどね……人族はすぐに死んでしまうわ。私達妖精族は、魂が力を失くしても眠りについて力を溜めれば、何度だって復活する。でも、人族は違うのよね》

妖精族にとっては命がいくつもあるようなものだ。もちろん限界はあり、最後には消滅する。それでも、何千年という長きにわたって存在することができるのだ。

《マティアスが死んだって知った時、悲しみに沈むあの方《かた》を、あたしは支えられなかった。どんな言葉をかければいいのか、何をすればいいのか、全く分からなかったの》

妖精王を支えるのが側近であるフィンの役目だ。だが、フィンはどうしたらいいのか分からなかった。マティアスの死は、フィンにとっても衝撃だったのだ。他人の悲しみを慰《なぐさ》める余裕がなかったのかもしれない。

《声はかけられなかった。暗く沈んだあの方《かた》を見ることも辛かったのよ……》

傍《そば》で見守ることさえ辛くてできなかった。だから、フィンは距離を置くことにしたのだ。それは、自分自身を守るためでもある。正常ではない状態の妖精王と、それによるダンジョンへの影響を考え、せめて全力で力を注ごうと思ったらしい。そうしたフィンの努力もあり、ダンジョンは正常に機能していたのだ。

《そうやって、あたしも、あの方《かた》も閉じこもって五百年。外へ出るのも億劫《おっくう》だったの》

「本当にずっとここに？　その……祭壇の裏に？」

祭壇が吹っ飛んだその場所には、寝心地の良さそうなベッドがあった。

《そうよ。この神殿は、マティアスとあなたが安らかに眠れるようにって再現したの》

そう言ってティアから数歩離れると、フィンは大きく両手を広げて笑った。

《あの方《かた》の心も癒《い》やされますようにって、ずっと祈って。そうやってここで祈り続けてたら、動けなくなっちゃった》

毎日、眠ることも忘れて一日中祈り続けていた。そのまま倒れていたこともあったと言う。

《ここで倒れてるのを配下の子達が見つけて、それでもあたしがここから動かなかったものだから、このベッドを用意してくれたのよ》

倒れられるくらいなら、という苦肉の策だったらしい。

そこでシェリスがぽつりと口を挟んだ。

「賢明な判断です。寝たきり老人だと思うことにしたんでしょうね」

《っろ、老人っ⁉　あんたもエルフの中じゃ老人でしょっ！》

「一緒にしないでください。私はまだ現役です」

《はんっ。あれよっ、サティアちゃんへのあんたの愛は、もう干からびてるのよっ。あたしや、あの方《かた》の方がっ――》

「滅《めっ》しますよ」

シェリスから殺気が溢《あふ》れた。本気でフィンを消滅させる気配が窺《うかが》え、これにはティアが素早く対応した。

「シェリー。分かってるから」

「……はい」

ティアの真摯《しんし》な目を見たシェリスは、ふっと表情を緩《ゆる》め、なんとか事なきを得た。

そんなシェリスの様子を確認し、すぐに目をそらしたフィンは、決まり悪そうに呟《つぶや》く。

《……悪かったわ……》

フィンも分かっているのだ。シェリスがティアを想い続けていることは。かつてマティアスはもちろんのこと、カルツォーネやサクヤからも聞いていたらしい。

ティアは今まで、シェリスとダンジョンへ来たことがなかった。だからフィンも実態は知らないが、自分が出てくる前の会話や態度から、それが本当だと実感した。
その時、少し居心地の悪い空気を感じたらしいマティが近付いてきた。
《ねえ、主《あるじ》。ここのラスボスって、このお姉さん？》
「へ？」
《ラ、ラスボス？》
顔を顰《しか》めるフィンを見たティアは、確かにラスボスと言えるほどの派手さはあるなと納得してしまった。そこで、フィンが今更ながら大事なことに気付く。
《ね、ねぇ、サティアちゃん。その子、本物？》
「はい。ぬいぐるみとかじゃないです」
あえてとぼけてみせたのだが、フィンの目はマティに釘付けだった。
《それは分かるわよっ。本物のディストレアなのかって聞いてるのっ》
マティから目を離さず尋《たず》ねるフィンに答えたのは、マティ自身だった。
《それがどうかしたの？》
《え？　いや、それは……》
マティとしては首を傾《かし》げずにはいられないようだ。この反応はフィンも予想外だったらしく、表情を引きつらせる。答えられないフィンを見て、マティは突然はっと目を輝かせた。
《あ、あれだねっ！　ウソついてない人には、何かプレゼントがあるんだねっ？》
《へ？》
《マティねぇ。食べ物でいいよっ。あ、生だと嬉しいっ。火のパパに焼いてもらう～》
《火？　パパ？》
フィンは大混乱中だった。マティが期待するような物など何も用意していない。激しく動揺するフィンの様子を見たマティは、しゅんと耳を垂らした。
《マティ……ショウジキモノなのに……》
《えぅっ、いやっ、ご、ごめんねっ》
《ううん。いいんだ。お姉さんを倒しても良い物もらえないんだよね？　なら主《あるじ》、次に行こうよ。早くラスボスに会いたい》
ここでは充分遊んで満足したらしいマティは、次への期待が高まっているようだ。この後はいよいよ最下層である。
「そうだね。といっても、戦うとかそういうのはないかもだけど。ねぇ、フィンさんも行こうよ」

《え、でもあたし……》
フィンは妖精王に会うのが気まずいらしく、行くのを渋《しぶ》る。すると、シェリスがことなげに言った。
「案外、向こうはケロっとしてるんじゃないですか？」
《なっ、そ、そんなことないわよっ。あの方《かた》は繊細なんだからっ》
「繊細という言葉の使い方を、もう一度確認した方がいいでしょうね」
《どういう意味よっ》
「そのままの意味です。惚れた弱みというやつですか。側近の目が曇ってしまっているとは、妖精王がお気の毒です」
《っなんですってっ‼》
これはまずい。再びいがみ合いモードだ。収拾がつかなくなる前にと、ティアは二人を宥《なだ》めて提案する。
「ほ、ほら。行ってみれば分かるわけだし、フィンさんも、本当は気になってるんでしょ？
一緒に行こうよ」
《はやくぅ》
マティも我慢の限界が近いようだ。落ち着かない様子で尻尾《しっぽ》を激しく振っていた。

《分かったわっ。行けばいいのよねっ》
「さっさと行きますよ。ティアもお腹が空《す》いてきたでしょう？」
「うん。ちょっとね」
《マティはもう限界っ》
そうして全員で階下へ向かおうと、神殿の奥に進む。突き当たりの壁にフィンが手を突くと、その壁が開いた。
《隠し扉っ？　カッコイイ!!》
マティは興奮していた。テンションがおかしな感じになっている。
「マティ、落ち着い――」
《マティがいっちば～んっ》
「ちょっ、マティ!?」
止めるのも聞かず、階段を嬉しそうに駆け下りていってしまう。取り残されたティア達は、呆然とそれを見送った。
階段を下りると、少し開《ひら》けた場所がある。その先に、見上げるほど大きく豪奢《ごうしゃ》な扉があった。

「前も思ったけど、これだけ派手な金の扉って、いかにも嘘臭《くさ》いよね。うちの王宮にもなかったよ」

《あら。王の謁見《えっけん》の間よ？　これくらいが普通だって聞いたけど？》

その見た目から、重すぎて一人では絶対に開けられないと分かる。扉を開けるためだけに一体何人の兵が待機していなくてはならないのか。

そうは思うが、逆に軽く開いてしまったら、それはそれで微妙な気持ちになるだろう。

「誰に聞いたの？　魔力とか魔導具とかを使うにしても、さすがに効率悪いよ？　どこもやんないって」

確《しか》かに、これくらい豪華な方が王の間という感じはするが、実際にはどこにもない。

顔を顰めるティアに、フィンが首を傾《かし》げた。

《黒鬼《こっき》が言ってたのよ。魔王の謁見《えっけん》の間はこうだって》

「え？　ううん。あそこのは黒い扉だよ？」

《うそ。変えたのかしら？》

フィンが黒鬼《こっき》と呼ぶのはカルツォーネのことだ。しかし、ティアが魔族の城で見た扉は、繊細な彫刻が美しい黒の扉だったはずだ。

そうしてフィンと顔を見合わせていたら、後ろから声が聞こえてきた。

「これは懐《なつ》かしいねぇ」

「あ、カル姐《ねえ》。シルは？」

どこからともなく現れたカルツォーネ。一緒にいたはずのシルやフラムの姿はない。

「シル君は、まだフラムとあの階にいるよ」

そこへ、唐突にドタドタという音が響いてくる。

「なんの音？」

「あそこですね」

シェリスが指差した先、壁の下の方に小さな穴が空く。そして、そこからルクスとサクヤが滑《すべ》り出てきた。

「ぐっ……やっと止まった……」

「ヒドイ目に遭ったわ……」

地面に転がる薄汚れた二人に驚きつつも、ティアは駆け寄る。

「ちょっとルクス、サク姐《ねえ》さん、大丈夫？」

呼びかけながら汚れを魔術で落とし、小さな怪我が見られたのでそれも治しておく。

「ああ。ありがとう」

「助かるわ、ティア」

立ち上がった二人は、体の具合を確かめるように腕などを伸ばす。その時、ティアはルクスの手に見慣れない剣が握られていることに気付いた。

「それって、もしかしてコルヴェールの……」

伝説の英雄と言われるコルヴェールが持っていた剣。伝説では『コルヴェールの聖剣』と呼ばれている。二人が向かったのは、竜人族のファルが設定した場所だと聞いて、ティアは予想していた。その予想通り、剣がルクスを呼んでいたらしい。

「ファルってば、こんなところに隠してたなんてね。それも、ものすごい試練だったわ。誰にも渡したくなかったんじゃないかって思うくらいにね……」

ルクスも遠い目をしている。相当気合いの入った試練だったらしいと分かり、かける言葉も見つからない。しかし、何はともあれルクスは剣に認められ、新たな力を手に入れたのだ。


落ち着いたところで、ティア達は扉へと近付く。

カルツォーネもその手触りを確認し、一番上まで見上げて笑みを浮かべた。

「本当に懐《なつ》かしいなぁ。この無駄な造り。重すぎて開かないんだよね。数人がかりで押さないとダメなんだ」

　かつて魔族の城でその扉を見たことのあるシェリスが、少々不機嫌そうに腕を組んで補足する。

「欠員が出て、開かなかった時もあったと聞きましたよ？」

「あったあった。はははっ、あれは本当に困ったねぇ」

「笑い事ですか？　それで変えたと？」

「そう。私が王になってすぐにね。文句を言う父や兄貴達もいないなら、あんな効率の悪い扉は撤去してしまおうってことになったんだ」

　ちょうど他国との国交が途絶えていた時期だったこともあり、取り外すのになんの問題もなかったらしい。その上、扉や装飾に使われていた素材はバラして売り払い、国費として大いに役に立ったと言う。

「くだらない戦争が終わって、父も亡くなったからね。気分も一新できたし、国の復興にも役立った。いやぁ、本当に無駄な扉だったね」

　カルツォーネは冒険者として生きた年月が長かった。冒険者というのは旅をする中で、使える物は使おう精神が芽生えてくるのだ。重くて開けるのに労力も要《い》り、見栄を張るためだけの扉など、カルツォーネにとって無駄な物でしかなかった。

《それを参考にした、あたし達って一体……》

役に立たない扉と言われては、フィンも立つ瀬がない。

「ねぇ、早く行こうよっ。妖精王にちょっと顔見せたら、サク姐《ねえ》さんにご飯作ってもらうんだぁ。そろそろお昼だしね」

「それはいいねぇ。サク姐《ねえ》の手料理は久しぶりだ」

「仕方ないわねぇ」

この間、サクヤとシェリスとフィンは、お互いに目を合わせないようにしていた。

これは賢明な判断だろう。シェリスは表面上は穏やかだが、ティアを独り占めできなくなったことへの苛立《いらだ》ちを密かに募《つの》らせている。フィンは自分とキャラのかぶりがちなサクヤから距離をとっていた。そしてサクヤは、久しぶりの顔合わせにどう反応して良いのか分からず、ティアに助けられた格好だ。

《じゃあ、開けるわよ》

フィンが扉の前に立つと、その扉がゆっくりと押し開かれた。

「わぁ……あれ？　そういえば、マティは？」

ここでようやく、ティアはマティの姿がないことに気付いた。しかし、その疑問は、すぐに解消される。肉の焼ける良い匂いが、空腹を刺激した。

《パパ早く～》

《もう少しだ》

《はぁ～い》

部屋の中から聞こえてきたのは、呑気《のんき》な親子の会話だ。

「……火王？　マティ、ここで焼き肉とか……さすがにないわ……」

謁見《えっけん》の間ではあり得ない光景が、そこにはあった。

中央の赤い絨毯《じゅうたん》は、正面にある玉座の下まで延びている。部屋の両脇には金塊などの財宝が並べられ、その存在をアピールしていた。

階段の上にある玉座は、赤くて柔らかそうなもので、良いものであることは遠目にも分かる。

そんな椅子には、不貞腐《ふてくさ》れた一人の男が身を沈めていた。その前にある赤い絨毯《じゅうたん》の中央には、なぜか調理台が置かれ、そこで火王が肉を焼いている。

「どうなってんの？」

なぜに謁見《えっけん》の間で、それも見るからに不機嫌そうな王の前で、火王が料理をしているのだろう。誰もが戸惑い、一歩を踏み出せずに固まっていた。そこに、風王《ふうおう》がやってくる。

《申し訳ありません。妖精王があまりにも役立たずだったので、このようなことに》

「え、どういうこと？」

妖精王と精霊王達は、共に魔素《まそ》から作り出された存在だ。古くから交流もあったらしく、同じように長く生きる者として、それなりに親しい関係を築いている。そのせいで、現在この意味不明な状況が繰り広げられているらしい。ティアの疑問に答えたのは水王《すいおう》だ。

《自《みずか》ら手料理を振る舞おうなどと、無謀なことを妖精王が言い出したので、我々が指導していたのですわ。結局のところ、まったく成果が上がらず、ただの役立たずと再認識できただけですけれど》

風王と水王は二人して役立たずだと強調した。それが聞こえたらしく、当の妖精王がこちらに顔を向ける。

《おい、誰が役立たずだ！　……って、サティアちゃん⁉》

ここでようやくティアの存在に気付いたのだろう。妖精王がティアを呆然と見つめながら立ち上がる。そして、長い通路をフラフラと歩いてきた。

《王……》

フィンは、動揺する妖精王を痛ましい気持ちで見つめる。

本来ならば、サティアが生まれ変わってきたなどとは信じられない。だが、フィンにも妖精王にも分かるのだ。その魂の輝き、魔力の波動。その体に滑《なめ》らかに巡る魔力。ただの子どもにはあり得ず、たとえ魔術を極めた者であっても、容易《たやす》いことではない。

しかし、二人の知るサティアという少女は、それが当たり前のようにできていた。今、目の前にいるティアもそうだ。魔力に敏感な妖精族ならば、目を瞠《みは》らずにはいられない。ティアの前に辿《たど》り着いた妖精王は、目を合わせるように、その場に膝を突く。それは、王たる者が取るべき態度ではない。だが、そうせずにはいられなかったのだろう。

《サティア……お帰り。やっと会えたな》

「えっと、こんにちは。妖精王。それと……ただいま?」

《あぁ。それで、いよいよここに住むのか?》

「ふふっ、前にもそれ言われたね」

《ははは、そうだったな》

かつても言われた言葉に、ティアは笑みを浮かべる。妖精王も、そういえばと笑った。

立ち上がった妖精王は、今更になってフィンに気付く。

《お、フィン。やっと起きたのか?》

《あ、その……》

《宴会でもするか。懐《なつ》かしい顔ばかりだしなっ》

《王……っ、はいっ》

どう声をかけようかと迷っていたフィンだったが、妖精王がすっきりとした表情で

笑ったことで、その迷いは吹っ飛んだらしい。
そしてフィン自身も、ようやく本当の笑顔を取り戻せたようだった。

サクヤが火王を助手にして料理を作る。その間ティア達は、謁見《えっけん》の間の中央に大きな布を広げ、そこに座り込んで妖精王と他愛ない世間話に興じていた。
《へぇ、黒鬼《こっき》が魔王とはな》
「まぁね。兄達が三人とも、父が死んだどさくさに紛《まぎ》れて国を飛び出してしまってね。結果的に私しか残らなかったんだよ。あれは失敗したね」
そんな笑い話から、シェリスがこの国の冒険者ギルドでマスターになった話をする。
《『豪嵐《ごうらん》』のメンバー以外に、全く興味のなかったお前がねぇ》
「そういう目で私を見ないでください」
妖精王を前にすれば、シェリスもまだまだ若輩者《じゃくはいもの》だ。彼の不貞腐《ふてくさ》れたような表情は珍しい。
《それで、お前がコルヴェールに選ばれたと。名前は？》
一通り旧友《きゅうゆう》達との交流が終わった妖精王は、所在なげにしていたルクスへ声をかけた。
ルクスは妖精王と呼ばれる存在を前に萎縮《いしゅく》しており、少々表情が硬い。

「はい。ルクス・カランと申します……」

《そうかしこまらなくていい。その剣に選ばれた者として歓迎するよ》

「ありがとうございます」

ルクスは深々と頭を下げた。彼の普段とは違う様子を見かねて、ティアは妖精王に説明する。

「ルクスは私の護衛というか保護者なんだ。五歳の時から色々巻き込んできた」

《ははっ。そりゃあ大変だったろう。この子は母親に似て破天荒《はてんこう》なところがあるからな》

「はぁ……」

そこまで話して、ティアはそういえばと思い出す。ルクスには未《いま》だティアがサティアであることを話していないのだ。きっと混乱しているだろう。何か言いたそうな視線に、ここでようやく気付いた。

「あ、えっとね、ルクス……実は……」

そこまで口にしたところで、火王がフラムとシルを連れてきた。シルを確認したティアは、まず彼を労《ねぎら》う。

「シル、ご苦労様」

「いえ」

ルクスとしても、このシルの登場は有難かったのだろう。彼に席を勧める。
「妖精王、彼はシル。クィーグ部隊の一人だよ」
「ほぉ。隠れ里も健在のようだし、こうして会えて嬉しいよ。我らが隣人」
「はっ、お目にかかれて光栄に存じます」
シルが少々堅苦しい挨拶《あいさつ》をすると、小さなフラムがティアの肩に止まる。
《キュ～っ》
それを見た妖精王が興味深げに尋《たず》ねた。
《それ、ドラゴン……だよな？》
妖精王といえど、本物のドラゴンを見たのはもう数百年も前のことらしい。珍しそうに身を乗り出してくる。
「うん。ちょっと事情があって、誓約することになっちゃったの。ほら、フラム。ここの王様だよ。挨拶《あいさつ》して」
《キュ……キュゥ》
《お、おう。よろしくな》
《キュ》
人見知りなフラムは、不安そうに身を縮こまらせながら頭を下げた。

これには、どう対応していいのか分からず、妖精王も困り顔だ。
《フラム。食事は》
《キュっ》
火王の声がけに、フラムが縮こまらせていた首を伸ばす。そんな様子に苦笑しながら、ティアはフラムに言った。
「行っといで」
《キュゥっ》
再び調理台の方へ戻った火王のもとへと、嬉しそうに羽ばたくフラム。それを見送ってから、ティア達も食事を始めた。そんな中、フラムの様子を見たカルツォーネが笑う。
「相変わらず、あのおチビちゃんは甘えん坊みたいだねぇ」
「そうなんだよね……しかも、私か火王が用意した物しか食べないんだよ。拾い食いするマティにも困るけど、人見知りなフラムも困る」
マティは普段から誰にでも愛想が良く、知らない人からも食べ物をもらっている。だが、フラムはそうはいかない。領都サルバでは大丈夫だったが、いくら小さいとはいえドラゴンを連れて歩けば目立つ上に、いらぬトラブルを呼びかねない。だから人見知りなフラムを人に慣らしたくても、なかなかできないのだ。ティアが学園に通うようになって、フラムは更に人との関わりを持てなくなっていた。

「力が強くなってきてるし、体の大きさも成体と変わらなくなってるから、いざという時にパニックを起こさせないためにも、あの極度の人見知りだけはどうにかしたいんだけど」

大きくなっても、まだまだ精神的には幼い子どもだ。だが、ドラゴンである以上、人よりも遥かに力を持っている。もし暴れれば、その被害は小さくないだろう。

実は、フラムの人見知りは前世に起因している。人によって死に至らしめられたという、魂に刻まれた記憶のようなものが影響しているのだ。だが、それにはさすがのティアでも気付くことはできなかった。

「難しい悩みだねぇ。ティアと誓約してしまった以上、人との関わりをなくすことはできないだろうね。魔族はドラゴンをただ見守るだけだし……あまり力になれなくて残念だよ」

魔族は、あくまでドラゴンを保護しているだけに過ぎない。ドラゴン達が平穏に生きられるように環境を整えたり、危害を加えられないように守ったりはしているが、直接関わることはないのだ。

「改めて見ると、すごい組み合わせよね。あれ、ディストレアとドラゴンよ？　なんか、姉妹みたいね」

「ふふっ、兄弟じゃなく？」

「あれは姉妹よ。少なくともフラムちゃんの方は女の子でしょ？」

「うん」

サクヤは微笑ましいものを見るように、小さなフラムと、フラムの世話を焼こうとするマティを見ていた。本当はフラムの方がマティの母親の生まれ変わりだと言ったら、どう思うだろう。

しばらく全員が火王と二匹の様子を見守っていると、カルツォーネが重要なことを思い出した。

「そうだ。ドラゴンの話で思い出した。妖精王。ここにいるドラゴンは引き取るからね」

《は？　ん？　ドラゴン？》

妖精王は意味が分からず、一瞬フラムに目を向けてから首を傾《かし》げた。これにはティアが補足する。

「赤のフィールド担当の妖精さんが、ボーンドラゴンをここで育ててたの。やっぱり知らなかったんだね」

《……フィン……》

《確認して参りますっ》

眉をひそめてフィンの名を呼ぶ妖精王。それにすかさず反応したフィンは、謁見《えっけん》の間を飛び出していった。

間を置かず帰ってきたフィンは、妖精王の傍《かたわ》らに膝を突き、頭を下げて言う。

《……間違いなくボーンドラゴンです……》

《マジか……》

すごいのがいたと、顔色を悪くして報告するフィン。妖精王もびっくりだ。戸惑いつつも、彼はカルツォーネに向き直る。

《その……お願いする》

「任せておくれ。あ、あまり叱ってはダメだよ？　絶滅を危惧《きぐ》していたボーンドラゴンを保護してくれていたなんて、こちらとしては感謝どころじゃ足りないんだ。それに、今は反省中だろうしね」

上への報告義務を怠《おこた》ったというのは、反省すべきところだが、シェリスの風の玉に閉じ込められて反省する妖精をカルツォーネも確認している。これ以上は気の毒だろうと思ったのだ。

《そうか……まぁ、任せっきりにしてたこっちにも責任はあるからな。分かった》

苦笑しながら答える妖精王に、ティアは頷《うなず》く。

「うんうん。前より楽しかったよ。ここの妖精さん達は、プロ意識が高めでいいよね」

《おう。このダンジョンの人選には、かなり力を入れたからな》

そう誇《ほこ》らしげに言う妖精王だった。

しばらく歓談を楽しんでいたティア達だったが、ふと目を向けた先で、マティが丸くなっているのが見えた。

「あれ？　マティ、寝ちゃった？」

「本当ね。可愛いじゃない。お人形さんを抱いて寝ちゃったの？」

サクヤが微笑みを浮かべる。マティは首にかかっていた氷漬けの妖精に頬を寄せて眠っていたのだ。

そこでティアは表情を引きつらせる。

「忘れてた……」

「なんだい？　もしかして本物の妖精だったりとか……しないよね？」

カルツォーネが目を凝《こ》らして、ネックレスの飾りにしか見えないそれを見つめた。

「そういえば、忘れていましたね。あのまま持って帰るところでした」

「うん。危なかったね……」

シェリスとティアもそれを見ながら、うっかりしていたと反省する。

《待て。あれ、うちのか？》

妖精王に聞かれたフィンが、信じられないものを見るように目を見開く。そして、頭を数回振ってから答えを口にした。

《間違いありません……ミルポーラです》

「いや、だって、冬眠してたからさ。期待してた分だけ、ちょっとイラっとしたんだよね」

「あのまま永遠に眠っていればいいと思いまして」

ここで本音が出たティアとシェリスに、カルツォーネとサクヤが苦笑する。

「寝てたのかい？　君達が暴れてる中？」

「まぁ、このダンジョンのことは私も忘れかけてたけど、だからって、それはちょっとねぇ……でも、とっても安らかな顔してるわよ？」

二人とも、ティアとシェリスの気持ちも分からなくはないとの見解のようだ。

《すまんが、返してもらえるか？》

部下を不憫《ふびん》に思った妖精王が返還を求めた。

「いいけど、もう少し待ってね。なんか、マティが気に入ってるみたいだから」

《あ、あぁ……じゃあ帰る時にな》

「うん。忘れちゃったらゴメンね」
《……》
マティが嬉しそうに頬ずりしながら眠る様《さま》を見てしまっては、取り上げるのは気が引ける。そのまま忘れて持って帰るかもしれないと一応断っておけば、フィンは申し訳なさそうな顔をした。
《なんだか、色々と問題があったみたいね》
「うん？　意外性があってよかったんだけどね。ただ、一般向けではないかな」
ティアがダンジョンの全体的な感想を告げる。まずティア達以外、五階層にさえも辿《たど》り着けないだろう。ドワーフの店が五階層から二階層に移動していたことから考えても、難度は極めて高くなっている。
「でもまぁ、近いうちに知り合いに挑戦させてみるよ」
《おう。じゃんじゃん来いっ》
そんな話をしていると、風王がここへ来た目的を思い出させてくれた。
《ティア様。ここへは例の子ども達のことを頼みに来たのでは？》
「あっ、そうだった」
精霊王達がここへ来ていたのも、これに関係していた。ティアが双子に大精霊王ではなく妖精王の加護を望んだことを知った彼らは、妖精王に一言釘を刺しに来たのだ。すなわち、ティアに頼られていい気になるなと。

そんな事情など知らないティアは、風王にお礼を言って、妖精王へお願いする。

「妖精王。六歳の双子が王家にいるんだけど、その双子に加護をお願いできないかな」

そう言ったティアに、妖精王は不思議そうに尋《たず》ねた。

《構わないが、精霊王達とも親しいようなのに、なんで大精霊王ではなく俺のところへ来たんだ？》

風王達も気になっていたことをようやく聞けると、ティアに揃《そろ》って目を向ける。だから、ティアは正直に答えた。

「母様が昔、そうしろって言ったんだよ。ただ、あの時の双子……リュカとシェスカは六歳までもたなかったの。それでも、ずっと気にはなってたんだ」

《そうだったのか……いや、俺を頼ってくれて嬉しいよ。好きな時に連れてきてくれ。加護はここで授けた方が良い》

加護を受ければ、過剰になった魔力は全てここに吸収されるようになる。よって、魔術を暴走させる心配がなくなるのだ。大精霊王の場合も似たようなもので、過剰になった分は精霊界に還元することで身の安全が確保される。

妖精王の許可も取れて安心したティアに、妖精王は更に提案した。
《そこの扉を出れば、直接ルフラの部屋まで行けるぞ》
「ルフラ？」
聞いたことのない名前にティアが首を傾《かし》げる。すると、妖精王が補足した。
《ああ。学園の下に住んでるシルキーのことだ。あそこまで直通の通路があってな》
それを聞いてティアは一瞬停止する。そして、言われたことを理解すると、思わず飛び上がった。
「えぇぇぇえっ」
初耳だ。シルキーの部屋から至るところに通路が張り巡らされているのは知っていたが、まさかこんなに離れた場所まで通っていたとは思わない。
《俺の散歩用に繋げたんだ。昔はバトラール王国の城の地下にも繋げてあったんだぜ？》
「……それ、母様は……」
知っていたのだろうかと尋《たず》ねれば、妖精王はすっと目をそらした。
《さ、散歩用だって言っただろ》
これにはサクヤ達まで呆れてしまう。
「どんだけ徘徊《はいかい》する気だったのよ」

《仕方ないだろっ。誰かさん達のせいで、誰もここに来なくなったんだからな！》

マティアス達のダンジョン改造のせいで、ここ数百年、誰一人としてこの場所に辿《たど》り着けていない。それで暇を持て余した妖精王は徘徊《はいかい》を始めたのだろう。

何はともあれ、これで一応の目的は達したと言えた。

第七章　女神と天使の再会

昼食を終えたティアは、さっそく双子を連れてこようと考えていた。

「ちょっと行ってくる。通路を使えば、そんなに時間もかからないだろうし」

すると、仲間達も各々《おのおの》行動を起こそうと立ち上がる。

「なら、私はあのボーンドラゴンを連れて一度国に戻るよ。さっき連絡しておいたから、そろそろ迎えが来ると思うんだ」

カルツォーネは、ティア達と合流する前に国へ連絡し、ボーンドラゴンを連れ帰る算段を付けていたらしい。続いてシルがティアに願い出る。

「ティア様。私も少々里へ行き、用事を済ませて参ります」

「確かこの森にあるんだったよね。なら、またここで」

「はい。失礼いたします」

そうしてカルツォーネとシルは外へ向かって行った。

後片付けをしていたサクヤは、自身の予定を立てるついでにルクスへ提案する。

「あたしはここのダンジョンを改めて散策してくるわ。ルクス君は妖精王に剣の相手をしてもらったら？」

「妖精王様にですか？」

動揺するルクスに、妖精王は笑顔で答える。

《いいぞ。その剣を持つ資格があるんだ。何より、慣れないうちは外で使わない方がいいからな。ここで慣らしていけ》

「わ、分かりました。お願いします」

《おう。森の長《おさ》も手伝え。主に回復とかな》

妖精王がシェリスにそんなことを言った。

シェリスはこの頃、ルクスとの関係を変え、時間があれば手合わせをしている。なんだかんだ言って、その力を認めたのかもしれない。だから、それほど嫌な顔をせず了承する。

「いいでしょう。ティアの周りで剣を振り回すどころか、剣に振り回されていては困りますからね」

「……」

ルクスもシェリスを認めているのだ。不服ではあるが、貪欲《どんよく》に彼から学ぼうとしている。

ちなみにマティとフラムはお昼寝中。そちらは火王に任せておけば問題はないだろう。
《サティアちゃん、良かったらこの馬車を使って。馬も用意したわ》
「ありがとうフィンさん。行ってきます」
シルキーの管理下にある通路に危険はない。ティアは学園街に向けて気軽に出発したのだった。

◆　◆　◆

シルはダンジョンを出て、まっすぐに里へと向かった。知っている人が見たなら、その覚悟を決めたような様子に気付いただろう。シルはもう迷わなかった。

里長《さとおさ》の部屋の前まで難なく辿《たど》り着き、腰に提《さ》げてある拳鍔《けんつば》に触れる。そして呼吸を整え、ドアを叩く。

「シルです。お話があります」

「入れ」

今日はドアを開けても何も飛んでこなかった。代わりに目に映ったのは、見たこともないほど興奮した様子の里長《さとおさ》だった。

「ようやく来たか。皆への通達は済んでいる。いつでもサティア様の命を実行できるぞ」

何を言っているんだとシルは疑問に思った。黙っているシルに、里長《さとおさ》は首を傾《かし》げる。

「どうした？　サティア様はなんと？」

ここでようやく納得する。里長《さとおさ》はティアが双子を連れ出した件を、既に把握しているのだ。その結果、ティアがサティアだと認めた。それだけでもう、ティアの配下になったつもりでいるのだ。

シルは拳《こぶし》を握る。一度疑っておきながら、こんなにもあっさり手のひらを返すとは。失望すると同時に、怒りで目の前が真っ赤になりそうだ。

だが、そこで手が拳鍔《けんつば》に触れた。感じたその冷たさに、頭がゆっくりと冷えていく。

だから、ティアの言葉をそのまま伝えた。

「ティア様は、無理に協力してもらう必要はないと仰《おお》せです。先日頼まれた調査は既に魔族の方々が進めているらしく、何より、ティア様には私だけで充分だと」

「何？」

そう、シリウスである自分だけで充分だと言われたのだ。だからここに来た。青ざめる里長《さとおさ》のことなど気にも留めない。

「あの方《かた》が望むのは私だけ。私はシリウスとしてあの方の傍《そば》にいることにします。クィーグの者ではなく、一人のシリウスとして」

シルは小さなプレートの付いた首飾りを外し、里長《さとおさ》の机に置いた。クィーグの者としての証《あかし》だ。それを里長《さとおさ》に返すということは、里を出るという意思表示。

「失礼します」

「まっ、待て！」

シルは振り返らない。おこがましくもティアを試そうなどと考えた者の言葉を聞く気はない。建物を出ると、まっすぐに門へ向かう。しかし、そこで当代のフィズが立ちはだかった。

「姉さん……」

長い黒髪を一つに束ね、切れ長の瞳に、美しくすらりと伸びた長身。弟のひいき目でなくても美人だと思う。その上に強いとなれば、完璧だった。その小さな唇が動き、凛《りん》とした声が響く。

「ティア様と会わせてくれませんか」

「……」

先ほどの里長《さとおさ》とのやりとりを、フィズはもう知っていた。フィズだけではない。シルの後ろには、いつの間にか里の者達が集まっている。そして、里長《さとおさ》も追いかけてきていた。

　だからシルは、かつてないほどはっきりとした声で答える。

「私からは口添えいたしません。ティア様の許しを得たいならば、己《おのれ》の価値を自《みずか》らの手で示すべきです」

　必要な存在であると示せば良い。そうでなくては、シルは彼らを許せない。

「なるほど……分かりました。長《おさ》、すぐに命を。我々は一刻も早く成果をお見せしなくてはなりません」

「ああ。もちろんだ」

　里の者達が一斉に動き出す。シルはそんな彼らに目を向けることなく、門へ向かった。

　そんな中、すれ違ったフィズは、シルにだけ聞こえる声で告げる。

「森に何者かが入ってきました。身元は探らせていますが、笛を持つ青年と、大きな鏡を持つ女を確認しています。すぐにティア様達へ報告なさい」

「分かりました」

　フィズはティアと『豪嵐《ごうらん》』のメンバーがこの森に来ていることを知っているようだ。

　この人に隠し事はできない。もたらされた報告を胸に、シルは里を後にした。

◆　◆　◆

ティアは、わずか一時間ほどで伯爵家の別邸に着いた。行きはマティとフラムでも二時間近くかかったというのに驚きだ。

そうして、すぐにイルーシュとカイラントを乗せて走り出した。馬車には他にキルシュとアデル、それに王宮を抜け出してきたというエルヴァストと、つい先ほど学園街に着いたというクロノスが乗っていた。

「そんな楽しいことをしていたなんて酷《ひど》いじゃないか」

御者席《ぎょしゃせき》で隣に座ったエルヴァストが、ティアに不満を言う。

「その上、マスターやカル姐《ねえ》さんまで一緒とは」

「仕方ないでしょ。シェリー達は待ち伏せしてたんだから」

あれは想定していないと告げれば、彼は自分も行けば良かったと悔しがる。

「今度、時間ができたら是非体験したい」

「分かってる。その時はお兄様も呼んで、サラちゃんとかゲイルさんとかも誘おっかな。三バカを放り込んで強化してやるのもいいね」

あんなに近いところに遊び場があるのだ。使わない手はない。そこへ、馬車の窓からクロノスも名乗りを上げる。

「ティア様、私も参加させていただきたい」

「うん。クロちゃんも楽しめると思うよ」

クロノスは、サルバの冒険者ギルドから頼まれてやってきたらしい。珍しく出かけたシェリスのことを心配して、マーナ達がティアの父フィスタークに相談したのだ。とはいえ彼の身を心配したのではなく、帰ってこないかもしれないという心配だった。

そんな事情は知らず、楽しい計画を考えながら、ティアは妖精王の部屋に辿《たど》り着いた。しかし、肝心の妖精王はおらず、ルクスやシェリスの姿もない。どこで遊んでいるのだろうかと、馬車から双子を降ろしながら見回していれば、フィンが慌ててやってきた。

《サティアちゃんっ、敵襲よっ》

「え？」

それは因縁の相手である、奴らとの再会を意味していた。

◆　◆　◆

ルクスの稽古《けいこ》をつけていた妖精王は、不穏な気配を感じて動きを止めた。

「どうしました？」

シェリスが尋《たず》ねると、妖精王はここにはいないフィンへと叫ぶように伝える。

《フィンっ、ここは任せた！》

少し前、怪しい気配をダンジョンの外の森に感じていた。もしこちらへ来るようなら対策を考えなくてはと思って一応気配を探っていたのだが、かなり面倒な客だったようだ。

返事も聞かず、急いで地上に飛び出す。これを不思議に思ったシェリスとルクス、マティもついてくる。

妖精王が空間を繋げたのは、ダンジョンから離れた森の浅い場所だ。そこでは、シルやクィーグの者達が戦っていた。彼らは森に怪しい気配を感じ、調査を始めてすぐに遭遇したらしい。そして、なんとか自分達だけで処理しようと奮闘していたのだ。

《シル君だったか。ここは任せろ》

「妖精王様！　ですが……っ」
向かってきていたのは、黒い影を纏《まと》った魔獣達。それが目の前の森に無数に存在しているようだ。闇より濃く、邪悪な気配を放っている。
夕日に変わろうとする太陽の、刺すような光に照らし出される姿は、確かに魔獣だ。フットウルフやウッドベア、ビッグキャットもいる。しかし、その瞳は生気を失っていた。
《呼吸も感じられない……気配自体、生き物のそれじゃねぇな》
獣独特の息遣いどころか、鼓動も一切感じられない。まるで作り物のような虚《うつ》ろな影だった。
《クィーグの奴らは、こいつらを森から出さんように散開《さんかい》して当たれ！》
そう指示を出している間にも、突進してきたウッドベアを剣で斬り伏せる妖精王。まるでガラスを割るような手応えだった。ルクスやシェリスも応戦している。
斬られたウッドベアは、倒れる寸前に黒い霧となって霧散《むさん》してしまう。それはまるでダンジョン内の魔獣のようだった。
《このやろう……俺らの専売特許を無断使用してんじゃねぇよっ！》
魔獣を次々と斬り伏せていく妖精王。だが、その数は全く減っていなかった。全体像を知ろうと、森全域に感覚を広げる。

《くそっ、やっぱり森の外にも出てんじゃねぇかっ……》

クィーグの一部隊が森の外へ出た魔獣達を倒しているようだが、彼らだけでは間に合いそうにない。

その時、大きな赤い影が目の前を横切り、一気に魔獣を吹き飛ばしていった。

《王様ぁっ。外に出たのを倒したら主《あるじ》を呼んでくるから、それまでガンバってね～っ》

そう言って魔獣を蹴散《けち》らしながら、森の外へと向かっていくマティ。

《お……おう。ディストレアってぇのは、本当に恐ろしいな……》

マティが本気で暴れたならば、早々に一掃できるのではないかと思ってしまった。

《仕方ねぇ。あの子が来るまで持ちこたえるぞ》

これらが王都や学園街へ向かったら大変なことになる。

《かかってこいやぁっ！》

一層気を引き締め、妖精王とルクスとシェリスは、黒い魔獣の群れへと立ち向かっていくのだった。

◆　◆　◆

双子をフィンに頼んだティア達は、ダンジョンの入り口へと転送してもらう。まだここまでは来ていないが、森の中におかしな気配がうごめいていた。

「なんだ？　音はないのに気配を感じるとは……なんだか半年前の騒動を思い出すな」

エルヴァストの呟《つぶや》きを聞いて、ティアはそれだと思う。しかし、半年前に感じたものより気配が濃い気もする。

「あっちにルクスさん達がいる」

「これ……森の外に出ていってないか？」

アデルとキルシュも、いつの間にか気配を読むことを覚えていた。

そこへ、ダンジョン内を散策していたサクヤが騒ぎに気付いてやってくる。

「みんな集まってなぁに？　どうなってるの？」

状況が把握できていないため、サクヤには緊張感がなかった。

「敵襲だって」

「敵？　あら、妖精王まで出張《でば》ってるの？　これは大事《おおごと》ね」

ようやくサクヤも現状を理解したようだ。その表情が真剣なものに変わる。

その隣で、クロノスが静かに宣言した。

「私も行きます」

「少し待って」

ティアはクロノスを止める。状況が分からない今、不用意に動くべきではない。

そこへ、シルがやってきた。

「ティア様っ！　ご報告いたします。黒い影を纏《まと》った獣が多数、森から王都へ向かおうとしており、これを妖精王様達が迎撃《げいげき》しております。獣の発生源は恐らく森の中央辺り。そこに笛を持つ青年と、大きな鏡を持つ女がいたとの情報が」

「笛……」

表情を険しくするティアの隣で、クロノスが顎《あご》を撫《な》でながら考える。

「黒い影……獣……そういえば先日、神教会の者達が伯爵へ報告に上がりまして、異教徒達が今度は黒い獣を使役し、国を混乱させようとしている可能性があると」

ティアの中で、これを仕掛けた者の正体が確定した。

「シルは妖精王をお願い。エル兄様、アデル、キルシュ。シルと一緒に行って。充分に気を付けてね」

「分かった」

「ティアも気を付けてね」

「後で会おう」

「それからクロちゃんは……」

そう言いかけたところで、不意に上空から感じた気配に、弾《はじ》かれたように顔を上げる。

すると、空から声が降ってきた。

「ティア！」

緊迫した声。そこには夕焼け色に染まったカランタがいた。

「えっ、天使⁉」

アデルが思わずといったように声を上げるが、説明している余裕はなさそうだ。カランタも彼女らに構わず話し出す。

「『神具《しんぐ》』がっ……【神鏡《しんきょう》】が発動してるっ」

地面に降り立ったカランタは、震える体を抑えようと必死だった。その瞳には恐怖の色が浮かんでいる。

「ど……どうしようっ……」

こんなに動揺している彼は初めて見る。ティアはカランタへ駆け寄り、問いかけた。

「それの能力は何？」

その『神具《しんぐ》』が発動すれば何が起こるのか、ティアには分からなかった。しかし、明らかにカランタは怯《おび》えている。

「あっ……あの鏡には、世界の記憶を実体化させる能力があるんだ」

それは、死んだ者達を実体化し、命なき兵を作り出せるようなものだと言う。確かに、魔族の国にある『神具《しんぐ》』についての記録には『命なき兵を無限に召喚できる力を有する』というのがあった。

カランタは、かつての記憶を呼び覚ましながらその実態を語る。

「鏡を覗《のぞ》き込んだ者が過去に出会った強いものや、恐怖したものが映り込む。それを記録し続けていくんだ。使い手は記録された魔獣や人物を実体として生み出し、命じることができる」

たとえ消されたところで、また鏡から出すことができるというのだから、確かに無限に召喚できる兵を手に入れたようなものだ。そこでティアは確認する。

「世界の記憶ってことは、その強さも実物と同じってこと？」

「うん……だからごめんっ……あそこには今、マティが……」

「っ⁉」

かつて【神鏡《しんきょう》】を有していたのはバトラール王国。その王でありサティアの父であるサティルがそれを覗《のぞ》き込んでいたならば、間違いなくマティアスの記録も残っている。そして使い手が力あるものを望んだならば、最強の冒険者であったマティアスが出てこないはずがない。

一気に焦燥感が襲い、ティアはたまらず駆け出していた。咄嗟《とっさ》に体も大きくしておく。

「っ……母様っ……【時回廊《ときかいろう》】！」

ティアの心は、複雑な渦《うず》を巻いていた。マティアスに会いたいという思いはあるし、敵として現れたならば闘ってみたいとも思う。しかし、決して敵《かな》わないであろう彼女には現れないでほしいとも思うのだ。

そんなティアの後をクロノスとサクヤが無言でついてきていた。しかし、気にすることなくティアは駆ける。

ほどなくして黒い影を纏《まと》う魔獣を見つけた。

獰猛《どうもう》な笑みを浮かべながら身体能力を上げたティアは、アイテムボックスから取り出した『紅姫』を振るう。

進路上にいる魔獣を一撃で消し去る。もう一撃と思って構えたティアだったが、そこに、マティが飛び出してきた。

◆　◆　◆

マティは追われていた。突然、横合いから猛烈な速さで向かってきた者がいたのだ。
咄嗟《とっさ》に振るわれた斬撃を飛び上がって避《よ》け、上空で体を捻《ひね》る。
《誰っ？》
一瞬、ティアかと思った。その素早い動きと、避《よ》けられることを想定した斬撃。それを放ってからの身のこなし。しかし、暗い森の中に立つその人は、長い髪を一つに束ね、手には長さの異なる二本の剣を持っていた。
《……強い……っ》
何気なく構えているようにしか見えないのだが、どこにも隙《すき》がないのだ。更に厄介なことに、息遣いが聞こえない。これでは、いつ動くかという気配も感じられなかった。
緊迫した戦いの中であっても、一歩を踏み込む時や大きな動作の前には、独特の息遣いが聞こえてくる。マティは誰に教えられたわけでもなく、これを自然に戦いの中で知り、見極めていたのだ。だから、ただ息遣いが聞こえないだけで、マティは不安になり、タイミングも全く掴めなかった。

混乱する中、相手が動いた。高く高く飛び上がり、木々を足場にして向かってくる。
《速っ!?》
自身の速さに匹敵《ひってき》する素早さ。それはマティにとって脅威だった。二本の剣を咄嗟《とっさ》に爪で受け流し、大きく距離を取る。
《痛いよっ》
危うく自慢の爪が切り取られるところだった。いや、少々欠けてしまったようだ。身を引く寸前に、見えない速さで二撃も当てられていたのだ。
《なんなの、誰なんだよっ》
怖いと思った。それは、マティが抱いたことのない感覚。全身の毛が逆立つ。緊張感が体を締め付ける。そしてマティは決断した。
《……逃げるが勝ち!》
正しい選択だった。自分の勝利が確信できない以上、立ち向かうべきではない。理解できない感覚に戸惑い、動けなくなるのは避けたかった。
マティは駆け出した。少々木を薙《な》ぎ倒してしまっても構わない。敵が追ってくる気配はあったが、息遣いを感じないのがやはり気持ち悪い。
《これって……オバケじゃんっ!》

もうそれしかないと、マティは必死で逃げた。その間にまた斬撃が届き、それをなんとか躱《かわ》す。

そこで距離を確認しようと振り向いたマティは、木々の間から差し込んだ光によって敵の姿を視認した。

《赤い髪⁉》

人ではあり得ないはずのその色に、マティは目を瞠《みは》る。そこで、頼もしい気配が向かってくることに気付いた。

「マティっ‼」

《主《あるじ》っ！》

マティが目を向けた先には、紅色のハルバードを構えた大人の姿のティアがいた。マティは急いでティアの方へと駆け、庇護《ひご》を求める。

《主《あるじ》っ！　あいつ、強いよっ！》

ティアが負けるなど万が一にもあり得ないと思うが、そう言わずにはいられなかった。

森の中に静かに佇《たたず》む赤い髪の女。その瞳に光はない。生気など欠片《かけら》も感じないのだ。

しかし、彼女は見極めるようにティアをじっと見つめていた。

剣を下ろし、一歩ずつ踏み出した女。それを見て、マティはティアの後ろで身構える。

その時、ティアが大きく息を吐いた。そして、吸い込んだ息を止めると、ビリビリとした気迫が辺りを包む。

《っ……主《あるじ》……》

こんな本気のティアは見たことがない。その顔に浮かぶのは、怒りと喜び。相反する二つの感情の奔流。

「母様……いくよっ！」

瞬《また》く間にティアが飛び出す。それは、赤髪の女も同時だった。激しくぶつかり合う剣撃。それが暗い森の中に鮮烈な光を描いていた。

◆　◆　◆

その人が見えた時、ティアは心臓が激しく脈打つのを感じていた。

マティの表情が、いつもと違う。間違いなく、相手が強者と知って逃げてきたのだろう。それを思うと、ティアは嬉しくて仕方がない。強いマティが初めて敵《かな》わないと感じた相手。

《主《あるじ》っ！　あいつ、強いよっ！》

ティアの後ろへ回り込んだマティからは怯《おび》えを感じた。毛を逆立て、警戒しているのが分かる。

その時、静かな視線が自分に向けられていることに気付いた。その瞳に生気は感じられない。それでも、そこには確かに闘争心が宿っているように感じられた。

抑えきれない高揚感。こんな感覚など久しく忘れていた。それを感じたのは前世でまだ幼かった頃。その後何度か戦場にも出たが、どれほど大勢が相手であっても、これほどの昂《たかぶ》りは生まれなかった。

ティアには敵などいなかったのだ。強い者は皆味方で、強敵など存在しなかった。それが今、目の前にいる。嬉しくないはずがない。

肺に溜まった全ての空気を入れ替えるべく、大きく吐き出す。そして、この場の緊迫した空気をゆっくりと取り込んだ。

《っ……主《あるじ》……》

マティの心配そうな声も、他人事のように耳をすり抜ける。もうティアの目にはマティアスしか映っていなかった。

「母様……いくよっ！」

気合い充分。一気に踏み込んで加速すると、マティアスも飛んでいた。そして、中間地点で火花を散らしながら剣を交える。

重たいと思った。これが偽物であり、生きた者ではないというのが不思議なくらいだ。幾度となく火花を散らし、隙《すき》のないマティアスへとハルバードを振り下ろす。

そうしてティアの息が上がる頃。ティアとマティアスは鏡のように同じ動きで互いに距離を取った。荒く息をつくティア。けれどその口元には笑みが浮かんでいる。

「ふふっ、さすが母様」

ティアは再びマティアスに向かって飛んだ。充分に体重をかけて下ろした一撃は、剣によって弾《はじ》かれる。だが、そんなことは想定内だと、そのまま空中で回転しながら、今度は下からすくい上げるようにハルバードを振るった。

それも難なく二本の剣で受け止めるマティアス。その反動で宙返りをして、ティアは着地する。しかし、そこにマティアスが滑《すべ》り込んできた。

「くっ」

一気に懐《ふところ》に入り込まれたことで、ハルバードが意味を成さなくなる。それならばと、ティアはハルバードを地に刺し、飛び上がった。そして、魔術を容赦なく叩きつける。

「【火連弾《かれんだん》】!!」

集中して放った火の弾丸は、マティアスのいる場所を深く抉《えぐ》っていく。その魔術を受けて、地面に刺さっていたハルバードがティアの方へと飛んできた。それを受け止めて着地すると、木々が倒れ、辺り一帯が砂煙に覆《おお》われる。

「まぁ。無理だよね」

そこには、少々穴の空いた体を気にすることなく、悠然と立つマティアスがいた。しかし、痛手ではあったようだ。一歩を踏み出すマティアスの姿は、揺らめいていた。

「やっぱり、偽物なんだね」

マティアスならば、今の攻撃でも躱《かわ》していたはずだ。それが間に合わなくても、結界を張って身を守っていただろう。

「魔術も使ってこないし、これが母様だなんて……笑わせないでよね」

魔獣と違い、人が魔術を発動させるためには言葉が必要だ。ティアは知らないが、言葉を発することのできないマティアスの偽物は、これにより魔術を行使できなかったのだ。

「身体能力だけじゃあ、母様の強さは再現できないんだよっ」

何より、本物のマティアスも自身と互角か、それ以上の相手と手合わせなどしたことがなかった。

そのような相手との戦いの記憶は、世界に存在しない。よって本当のマティアスの強さを再現することなどできないのだ。

「そろそろ決める……っ!?」

マティアスに向かって駆け出すティアだったが、そこへ突然、何者かが駆け込んできた。ティアはそれを咄嗟《とっさ》にハルバードで弾き飛ばす。

なんだったのかと目を向けた先にいたのは、銀髪の女騎士。鎧《よろい》がなければ、一瞬ラキアかと思った。その人の手にはレイピアが輝いている。

「っ……アリア……」

予想していなかったわけではない。もしかしたらとは思っていた。

そこへ離れたところで魔獣と戦っていたクロノスとサクヤが合流する。

「ティア、マティっ!?　それに……あれはアリア・マクレート？」

サクヤの言葉を聞いて、クロノスが驚きに目を見開く。

「アリア・マクレート……」

はっと気付いた時には、アリアとマティアスが同時にティアへと向かってきていた。

「ちょっ!?」

二人が一緒に来るとは思わず、さすがのティアも焦った。取り回しの大きくなるハルバードでは、素早いアリアの剣撃と、マティアスの動きを同時に受け止めるのは難しい。

一度態勢を立て直すため、ティアは大きく後ろへ後退する。そして、向かってくる二人の足下目がけてハルバードを振り下ろした。

魔力を込めて振り下ろされたハルバードは、大地を深く抉《えぐ》る。半径五メールほどの円型の窪《くぼ》み。その中にマティアスとアリアが膝をついていた。

ティアは距離を充分に取ると、ハルバードをアイテムボックスにしまい込む。代わりに、二つの武器を取り出した。

「ちょっとティア！　あなた、それ何⁉」

サクヤが驚いたのは、ティアが手にしたものが、見たこともない武器だったからだ。

反り返った曲線の刃が美しく、半分欠けた月を思わせる形だ。長さは短剣よりも少し長いといった程度で、弓の弦《つる》のような位置に握るところがある。ティアはそれを両手に一つずつ持っていた。

用意していた武器が使える好機ということもあり、このような緊迫した状況であっても、テンションは一気に上がっている。

「作っちゃった☆」

「「……」」

サクヤとクロノスは声も出せなかった。可愛らしく言ってはいても、ティアの目には闘争心が強く宿っている。このやりとりの間もマティアスとアリアから目を離してはいないのだ。

「作っちゃったって……あんたはまた、なんて凶悪なものをっ」

「いやぁ～、拳鍔《けんつば》をアリアにダメ出しされて取り上げられちゃったから、それならもう、いかにも武器ですってヤツを作ってやろうと考えてたんだよね～」

「……本当に、あんたって子は……」

呆れるサクヤなどものともせず、ティアは得意げに構えた。

窪《くぼ》みから出てきたマティアスとアリアは、ティアだけを敵と認識しているのだろう。サクヤ達の方へは目もくれない。

二人が駆け出すのはティアと同時だった。

ティアはマティアスが振り下ろした剣をいなし、アリアの剣を避《よ》ける。二人の間を縫うように突き出した武器を、体ごと回転しながら斜め上へと振り上げれば、それはマティアスの肩を深く裂いた。すり抜けざま、回し蹴りをアリアへとお見舞いしておく。

手応えは予想と違い、違和感があるが、身体強化して充分に捻《ひね》りを加えた蹴りの威力はかなりのもので、アリアはそのまま数メール先まで転がっていった。

だが、そこで気を抜いてはいけない。マティアスは怪我など気にすることなく、振り向きざまに斬りつけてきたのだ。

「くっ」

咄嗟《とっさ》に受け止めはしたが、態勢が整っていない状態からの攻撃であるにもかかわらず、その剣撃の重さで少々後ろへと地面を滑《すべ》ることになった。その反動でマティアスはティアから距離を取る。

その時、人影らしきものが目の端に映った。魔獣ではない。先ほどから、ティアに向かってこようとする魔獣は、マティやサクヤ達が地道に倒している。ただ、数が増えすぎて、そろそろ対応しきれなくなりそうだ。

「次は誰が出てくんの⁉」

今度はどんな強敵が現れたのかと、ティアはその黒い人影を確認する。しかし、ティアの記憶にはない男だった。

実力が全く分からない相手は厄介だなと、マティアスとアリアを注意深く見つめながら考えていたティアだったが、サクヤがその正体に当たりをつける。なぜなら、それを特定できる物を相手が持っていたからだ。

「あの剣……まさか、コルヴェールなんじゃ……」

「はぁっ⁉」

ちらりと目を向ければ、その剣には確かに見覚えがある。ルクスが持っていた剣と同じだ。纏《まと》う雰囲気などは違うが、間違いない。

「まさかの英雄登場なんて……さすがに相手できないんだけど!?」

是非とも一体一でやり合いたい相手なのだが、複数を一度に相手するには不向きだ。

この状況では遠慮したい。何よりマズイのは、この英雄が持っている剣自体が力あるものだということだ。

「まさかっ！」

ヒヤリとした感じを覚え、ティアは咄嗟《とっさ》にその場から駆け出した。

コルヴェールが剣を振り下ろすと、電撃が放たれ、大地を裂いていったのだ。

「っ、ふざけんなっ!!」

剣から放たれるのは魔術ではない。魔力なのだ。発動するのに声を出す必要がない。

あと少し遅ければ、間違いなく真っ二つにされていた。

「ちょっと、さすがにティアでも無理でしょっ!?」

「当たり前だよっ。母様とアリアだけでも遊びじゃ済まなくなってるのに、その上、英雄ってないでしょっ!!　どこの最終兵器よ!!」

そしてついに、マティアス、アリア、コルヴェールが同時に三方向からティアへと向かって駆け出した。

「ちっ、やるしかないかっ」

ティアは、三人を相手にしようと覚悟を決める。だが、三人がティアへと到達する前に、その間に滑《すべ》り込む者達がいた。

「っ、ルクス、クロちゃんっ」

コルヴェールと同じ剣でそれを受け止めたのは、たった今駆けつけたらしいルクスだ。

「倒せないまでも、足を止めるくらいならできる」

そう言って、ティアから距離を取るように、激しく打ち合いながら押し戻していく。

「これも天が与えた好機。先祖であるこの方《かた》の技を実際に受けられるのです。これほどの幸運はありません」

アリアの技をなんとか躱《かわ》しながら言ったのはクロノスだ。アリアの技は本来、魔術との合わせ技。魔術が使えない以上、その威力は本物に劣る。しかし、実際にその剣技を見られる機会を、クロノスは逃すまいとしているようだ。

そして、マティアスの前には、その背に二対《につい》の美しい羽を生やす男性がいた。

《っ、大丈夫か？　サティアちゃん》

「妖精王！」

森の外まで行っていたはずの妖精王が、にやりと笑って目の前にいた。

「ま、間に合ったぁ～」

「カランタっ」

カランタは息を弾《はず》ませながら、サクヤの隣に降り立った。少々翼に元気がないように見える。どうやら、ルクスを抱えて飛んできたらしい。

「はぁ……さすがに重かった……」

相当な力を消費したようだ。ティアは三人の邪魔にならないように気を付けながら、そこへ合流する。

「よく迷わなかったね」

「え？　あ、うん。建物の中じゃなければ迷わな……って、褒《ほ》めてよっ！」

「あ～、はいはい。よくできました～」

「えへへ」

相変わらずティアは素直に礼を言わない。しかし、カランタは満足そうに頬を染めていた。

「……それでいいの……？」

サクヤが呆れる中、ルクスらは強敵達と激しく剣を合わせる。だが、やはり分《ぶ》が悪いようだ。

《サティアっ、これの元をどうにかしてくれっ》

妖精王がティアに目配せして言った。いくら魔術を使わない偽物だとしても、マティアスの相手をするのは簡単なことではない。何より、一度は結婚も考えた相手の姿をしているのだ。やりにくいことこの上ない。

「【神鏡《しんきょう》】を見つけて術者を倒せば、全部消えるよ」

カランタが辛そうに顔を歪《ゆが》めながらマティアスを見て言った。それは、戦っている妖精王と同じ表情のように見えた。

「分かった。マティ、行こうっ」

《うん、主《あるじ》っ。森の中だねっ》

「そう。術者を見つけるよ」

《任せて！》

そうしている間にも、奥から魔獣達が次々と出てきていた。それをサクヤが魔術で倒す。

「ここは任せるよ」

ティアは彼らにそう言った。

「ええ」

「承知しました」

《行ってこいっ》

サクヤ、クロノス、妖精王が声を上げる。返事のなかったルクスを確認しようとそちらを見れば、一瞬だけ目が合った。

「ティア、これが終わったら聞きたいことがある」

「っ……」

ルクスが聞きたいことなど分かっている。ダンジョンに潜《もぐ》ってから、ずっと聞きたそうにしていたことには気付いていた。

ここへ来るのが初めてではないような口ぶり。妖精王達がティアを『サティア』と呼ぶ理由。それらを察してはいても、尋《たず》ねてはこなかった。ルクスはきっと、ティアが話すのを待っていたのだ。

ティアは唇を引き結び、しっかりと頷《うなず》く。

「うん。ちゃんと話す。だから待ってて」

この答えに、ルクスは満足そうな笑みを見せた。

「ああ。気を付けて」

「そっちもね」

ティアはマティの背に乗り、この場を後にする。一度も振り返りはしなかった。

「風王、どうなってるか分かる？」
呼びかけに応えて現れた風王は、マティと併走するように横を飛んでいる。
《『神具《しんぐ》』らしき気配が二つあります。それから、以前ティア様が対峙《たいじ》されたジェルバという男も》
精霊達は、『神具《しんぐ》』に近付くことができない。自分達の力とは明らかに異なる力を発現させる『神具《しんぐ》』に嫌悪感を抱くのだという。よって、確実な情報は得られそうにない。
《魔王がそちらに向かったようですし、援護も兼ねて先に向かいます》
精霊王ともなれば、多少は近付くことができるらしい。
「無茶はしないで。あと、ジェルバがいるようなら、コレを持っていって。毒の霧の解《げ》毒剤《どくざい》」
《承知いたしました》
そうして姿を消した風王と別れ、怪しい気配のある場所目がけて、ひたすら駆けるのだった。

カルツォーネは国にボーンドラゴンを送り届けると、再びダンジョンへ向かっていた。

「食材も沢山持ってきたし、お酒も充分。早く戻ろう」

ドラゴンについての報告もしがてら、改めて宴会をしようと、急ぎ戻っている途中だった。

そろそろ森の上空に差しかかろうとした頃、森の中が騒がしいことに気付く。何が起こっているのだろうかと意識を集中すれば、思わぬ気配が引っかかった。

「これは……っ、シュリ、あっちだ」

それは森の真っ只中。ダンジョンよりは距離がある。愛馬である天馬のシュリを操《あやつ》り、気配を殺してそこに近付く。警戒してかなり高度を上げてから見下ろした。

当然だが、森の中は暗くて物の区別もつかない。姿を確認するのはさすがに無理かと思った、その時だった。強い風が木々を大きく揺らし、夕日の光がそこに差し込んだのだ。

「っ、やはり!」

息を呑み、驚愕したのは一瞬だった。カルツォーネは獲物を見つけた狩人《かりゅうど》のように、鋭い眼光を向ける。そして次の瞬間、躊躇《ちゅうちょ》なく天馬から飛び降りた。

空中で剣を抜き、その人物へ向かって一撃必殺の斬撃を放つ。その斬撃は深く大地を穿《うが》ち、周りの木々を木っ端微塵《こっぱみじん》にした。

しかし、土煙の上がるその場所から、突如として黒い霧が噴き上がった。それを咄嗟《とっさ》に風の魔術で避《よ》けたのだが、少々顔を掠《かす》ったようだ。ピリピリとした刺激が右頬に走る。

この霧は危険だと本能が告げていた。以前、これと同じ物の処理をティアから頼まれたのを思い出す。おかげで予感は確信に変わった。

いよいよ霧の中に身を躍《おど》らせるという時。風が渦《うず》を巻き、得体の知れない黒い霧を絡め取る。そこに一つの瓶が投げ込まれ、破裂した。すると、黒い霧が綺麗に霧散《むさん》する。

《くっ、ここまでですか。お気を付けください》

「風王？」

霧を収めてくれたのは風王だったようだが、すぐに苦しそうに退散してしまう。だが、風王のおかげでカルツォーネは無事地面に降り立った。

そこで、肩に大きな切り傷を負いながらも、狂ったような笑みを浮かべる男と対峙《たいじ》する。

最初に口を開いたのは男の方だ。

「くひひっ、黒鬼《こっき》殿。いや、魔王様とお呼びすべきですかな？」

「……ジェルバっ……」

カルツォーネは憎らしげにその男……ジェルバを睨《にら》みつけた。

傷からは今もまだ血が溢《あふ》れているのが分かる。それを手で押さえてはいるが、まるで痛みを感じていないかのように、ジェルバは常と変わらぬ笑みを浮かべていた。

「いやはや、なんとも心躍《おど》る再会ですなぁ。くひひっ」

「貴様だな。『神の王国』などというふざけた団体を動かしている首謀者はっ!!」

カルツォーネは、少し前にティアからジェルバの生存を知らされていた。国の方でも、その行方を追っていたのだが、残念ながら杳《よう》として知れなかったのだ。

「くひひっ、首謀者などというのはおこがましい。私はあくまで裏方ですよ」

「ほう……その後ろにいるのは何者だ？」

カルツォーネはジェルバに気を取られていたため、その後ろに虚《うつ》ろな様子で立ち尽くす人物に今まで気付かなかった。ジェルバとこうして話していても微動《びどう》だにしない。カルツォーネの方を見ることさえしない上、先ほどの攻撃の余波を食らったようにも見えなかった。横を向いたまま何かを胸の辺りで抱え、この場に留まっている。

次の瞬間、その人物が何かを呟《つぶや》いた。すると、抱えている何かから黒い影がいくつも飛び出していったのだ。

「なんだあれは……」

「くひひ」

「何がおかしいっ」

慎重に気配を探れば、先ほど飛び出していった何かと、妖精王やシェリス達が戦っているのが感じられた。相当な数が森に放たれているらしい。その元凶は目の前にある。ジェルバの後ろにいる人物の持つ何かに、ちらりと目を向ける。すると、ジェルバはいやらしい笑みを浮かべた。

「失礼。ですが、魔王様であってもあれは壊せませんよ」

「なんだと？」

そこへ魔獣に乗った青年が駆けてきた。

「ジェルバ様っ！」

青年は、すり抜けざまにジェルバを魔獣に乗せる。そして、今の状況を作り出していると思《おぼ》しき人物をも、別の魔獣が咥《くわ》えていった。このまま逃げる気なのだろう。逃がすものかとカルツォーネが魔力を高めた、その時だった。猛スピードの赤い弾丸が、それらを魔獣ごと吹っ飛ばしたのだ。

《敵発見!!》

「だからって、体当たりはビックリするわっ！」

それはいつもと変わらないマティとティアの声だった。

◆　◆　◆

カルツォーネ達の姿を認めたティアは、そこから離脱しようとするジェルバ達の様子を見てマティに急ぐように命じた。しかし、まさか体当たりするとは思わず、その頭をペシッと叩く。
《痛っ、痛いよ主《あるじ》。主《あるじ》が逃がすなって言ったんじゃん》
「だからって、原始的すぎるわ！　危なかったでしょっ」
怒るのも当然だろう。もう少しでティアも一緒に吹き飛ばされるところだったのだ。
《うっ、うん……ちょっとぶつかったところが痛い。でも、主《あるじ》に叩かれたところが一番痛い……》
「最初の痛みが誤魔化《ごまか》せて良かったじゃない」
《うん？　あ、そっか》
マティの良いところは単純なところだ。ティアは気を取り直し、マティから飛び降りた。カルツォーネが驚いているのが分かる。だからいつものように余裕の笑みを見せた。

「お待たせ、カル姐《ねえ》」

「ふふっ。あぁ、待ってたよ」

カルツォーネの顔に、輝くような綺麗な笑みが浮かぶ。ほっとしたような表情を見て、頼りにされていることが分かった。しかし、そこでカルツォーネの右頬にある、赤く爛《ただ》れた傷が目に付いた。

「カル姐《ねえ》……その傷……」

「え？　あぁ、あれだよ。毒の霧に少し掠《かす》ったみたいだ。そんなに酷《ひど》いかい？」

傷としては、ほんの軽いものだ。だが、カルツォーネのシミ一つない綺麗な顔にあるべきものではない。

「っ、よくもっ……」

「ティア？」

「よくも、カル姐《ねえ》の顔に傷をっ！」

「ちょっ、ティア⁉」

「万死に値《あたい》するっ！」

ティアが怒りを込めて睨《にら》みつけた先では、肩に傷を負ったジェルバがゆっくり体を起こそうとしていた。その隣では、以前スィールと名乗った【神笛《しんてき》】の使い手が頭を横に振っている。そして、そこから少し離れた場所に、光る何かが転がっていた。

「あれは……」

トクンと心臓が跳ねる。間違いなくあれが【神鏡《しんきょう》】だろう。視線を少々動かせば、そこから少し離れた場所で、虚《うつ》ろな目をして横臥《おうが》する老婆がいた。

「お婆さん？」

か弱い年寄りを吹っ飛ばしてしまったのかと焦る。しかし、カルツォーネが訝《いぶか》しげに首を捻《ひね》った。

「おかしい。さっきまで今の君と変わらないくらいの女性だったはずだ」

「え……それって、まさかっ」

今のティアと変わらないというと、二十代頃だろう。けれど、間違いなく老婆にしか見えない。

一つの可能性に、一気に体が冷えていく。これを裏付けるように、ジェルバが不気味に笑った。

「くひひっ。やはり一度の発動でしか使い物にならないな。計算通りではあるが、期待外れで残念だ」

「っ、お前はこうなるのが分かっていて使い手をっ」

「くひっ、あの時のお嬢さん。また邪魔をしてくれたね」

「当たり前だ！　今日は逃がさない！」

こいつは危険だ。昔から変わらず、人を実験の道具や材料としか見ていない。

「【風烈斬《ふうれつざん》】！」

鋭い風の刃が、ジェルバに向かって飛ぶ。体中に突き刺さる風でできた細い銀のナイフ。しかし、ジェルバはまるで痛みを感じていないようだ。

『神具《しんぐ》』が傍《そば》にある状況でも、ティアほどの魔力があれば、精霊の力を瞬間的に発動することが可能だ。発動のための魔法陣が消えると、刺さっていたナイフも消滅する。それと同時にジェルバは笑った。

「ひひっ、私を捕らえるというのかね？　この私を？　くっ、くはははっ」

「何がおかしい」

まるで今の攻撃などなかったかのように振る舞うジェルバに、ティアは鋭い視線を向ける。血塗《ちまみ》れのまま狂ったように笑い続ける様《さま》は異様だ。仲間であるスィールさえも怯《おび》えている。

「捕まえるがいいさ。だが、その後はどうする？　殺すか？　できるのか？　私を、私は……不死身だ！」

「不死身？」

何をバカなことをと顔を顰《しか》めたティアの肩に、歩み寄ってきたカルツォーネが手を添える。振り返ると、カルツォーネは憎らしげにジェルバを睨《にら》んでいた。

「本当だ。もう八百年近く前になる。父が王だった時代に、あいつは一度処刑されている」

「え……」

「ひひっ……」

意味が分からなかった。そんなモノが存在するはずがない。ティアは再びジェルバを注意深く観察する。

すると、血塗《ちまみ》れで深かった傷が、ほとんどなくなっているように感じられた。信じられないモノを見て、ティアは目を見開く。それをカルツォーネも確認したのだろう。肩に添えられた手の力が少しだけ増していた。

「あいつは……一度は首を落とされた。だが次の日、遺体を遺棄《いき》した場所に、切り離された胴体も首もなかったんだ」

それから五十年が経過した頃、再びジェルバが関わる騒動が起きた。その時、誰もが間違いないと思ったという。

「魔族である我々にとって、五十年なんて月日は長くない。記憶も新しかったんだ。だから、あいつだと皆が確信した。そして、また捕らえられた奴は、火あぶりの刑に処された。これで不可解な復活も不可能になると思ったが……」

火が消えると、骨と灰になったジェルバは、急速に時間を巻き戻すかのように、その姿を元に戻したのだ。そして、笑いながら逃走した。

「くくくっ、ひははっ。私は死なぬよ。何度でも蘇《よみがえ》る！」

「何よ、それっ」

ジェルバの瞳が妖《あや》しく光る。そこで、ティアは初めてジェルバの瞳の色が気になった。

「金色……」

左目は、顔を半《なか》ば隠してしまっている前髪のせいで見えない。そして右目も、青く光るモノクルによって、その色が今まで見えなかった。

そこに隠されていたのは、金色の瞳。その瞳は狂気に彩《いろど》られているというのに、否応《いやおう》なく惹《ひ》きつけられる。

「ひひっ」

動きを止めたティアを見て、好機と思ったのだろう。ジェルバが何かを取り出し、倒れた魔獣の体へ叩きつける勢いでそれを埋め込んだ。

《グォォっ‼》

「さぁ、復活だっ」

「なっ⁉」

その魔獣は、間違いなくマティの体当たりによって死んでしまったはずだ。しかし、ピクリとも動かなくなっていたそれが身を起こし、異常なまでに目を血走らせて突進してきたのだ。

《主《あるじ》っ、避《よ》けて！》

カルツォーネと共に、咄嗟《とっさ》に大きく飛び退《す》さる。目標物である二人が避《よ》けたことで、魔獣は勢いよく木にぶつかっていった。加減なしでぶつかったために、頭が少し窪《くぼ》んでいる。

《確か、ロックタイガーだよね。立派な牙と爪じゃん。是非とも折ってやりたいね》

ロックタイガーは、前に立ち塞《ふさ》がったマティに標的を移したらしい。

《主《あるじ》。こいつはマティが遊んでやるから、任せて》

「マティ……分かった。でも、普通のロックタイガーだと思わないように、充分注意して。それと、できればここから少し離れた方がいい」

そう言ったのは、魔獣を操《あやつ》る力を持つ【神笛《しんてき》】の使い手がここにいるからだ。万が一のことを思えば、離れているべきだろう。しかし、どうやら彼は魔獣から落ちた時に手を痛めたらしい。手にした【神笛《しんてき》】を吹こうとして脂汗《あぶらあせ》をかいている。

《了解っ》

マティは、上手くロックタイガーを引き連れ、離れていった。

今度はこちらの番と、カルツォーネが一気にその距離を詰め、ジェルバに斬りかかる。

ジェルバはまだまだ何かを隠しているようで、余裕の表情だ。しかし、動きは悪い。

いくつもの切り傷が刻まれ、押されていく。

それでも表情は変えないのだから、不気味で仕方がない。

ティアも、じっくりと観察している暇はないと我に返る。そこでスィールと名乗る青年が、落ちている【神鏡《しんきょう》】を持って駆け出したことに気付いた。

老婆となってしまった【神鏡《しんきょう》】の使い手へと一瞬目を向けたスィールだったが、【神鏡《しんきょう》】を持ち帰ることを優先すべきと判断したようだ。

ティアは、咄嗟《とっさ》に追いかけようと一歩を踏み出す。しかし、ジェルバをこのまま放っておくこともできない。そんなティアの葛藤《かっとう》を感じたのだろう。カルツォーネが迷わずティアの背を押した。

「行ってくれ。君には、アレを追う理由があるだろう?」

「カル姐《ねえ》、でもっ」

「心配いらない。ジェルバのことは、私にも王としての責任がある。任せてくれ」

「……分かった」

今の魔族の王として、カルツォーネにはジェルバを捕まえる責任がある。それならば信じよう。何よりあの【神鏡《しんきょう》】を、バトラール王国に伝わっていた『神具《しんぐ》』を、これ以上、奴らの好き勝手にさせるわけにはいかない。

ティアは、スィールを追って駆け出した。その際、老婆を保護するために魔導具をセットし、結界を張っておく。これでカルツォーネも気兼ねなく動けるだろう。

「気を付けてね。カル姐《ねえ》」

「あぁ」

駆けながらカルツォーネへと目を向ける。そして、再びスィールの小さくなった背中を睨《にら》みつけた。それからティアについてこようとしている気配に向かって声をかける。

「風王と水王は、カル姐《ねえ》とここをお願い」

どのみち彼らは『神具《しんぐ》』には近付けない。無理をさせるよりは確実な方を任せたい。

《ですが、ティア様っ》

《『神具《しんぐ》』など、気合いでなんとかしてみせましてよっ》

いや、無理だろうと苦笑する。

「ここに残って。私が動けるように」

ジェルバは得体が知れない。カルツォーネはそんなものの相手をするのだ。後ろ髪を引かれたままでは、ただでさえ厄介な『神具《しんぐ》』をどうこうすることはできない。

「お願いだよ。風王、水王」

真摯《しんし》に思いを込めて伝えれば、風王と水王が折れた。

《……承知いたしました》

《分かりましたわ。ですが、次がありましたら、必ずお連れくださいませね》

「うん」

なんとか納得してくれたようだ。風王と水王が傍《そば》にいるのなら、カルツォーネの心配は不要だろう。万が一、ジェルバを逃がしてしまっても、カルツォーネがこれ以上怪我をする可能性は減る。奴を捕らえる機会など、『神具《しんぐ》』に関わっていれば、今後いくらでも巡ってくるのだから。

だが、【神鏡《しんきょう》】だけはここで回収しなくてはならないだろう。これは、バトラール王家の者としての義務だ。次などあってはならない。

今のティアは大人の姿であることと、身体強化のおかげで、森の中であってもスィールを見失うことなく追うことができた。小さくなっていた背中が、あと数メールという距離に迫る。

「待ちなさい！」

ティアならば、いくら木々があろうと、魔術の一発でも放てば彼の足を止めることもできる。それでもティアは少しだけ迷っていた。

「っ、あいつはスィールじゃない。けどっ……」

今一歩踏み切れないのだ。彼は反乱軍のリーダーであったスィールではない。けれど、彼の記憶を持っているというのならば、ただの敵として認識するには心が痛む。それでもティアは見失わないよう、まっすぐに青年を見つめて追っていた。

そんな青年の前に、突然ビッグキャットが飛び出してきた。これでは逃げられてしまうと、ティアは焦る。現れたビッグキャットは彼の【神笛《しんてき》】の力で隷属《れいぞく》している魔獣だと思ったのだ。

「くっ、待ちなさいっ！……っえ!?」

逃がさないと加速したティアの前で、スィールはビッグキャットの鋭い爪によって弾《はじ》き飛ばされてしまった。驚いたティアは足を止める。しかし、倒れたスィールに向かい、今度は牙を剥《む》いて駆け出すビッグキャットを見て、咄嗟《とっさ》に魔術を発動させた。

「【風矢】!!」

ティアの放った風の矢は、ビッグキャットの心臓を正確に貫《つらぬ》く。ティアは倒れたスイールのもとへと駆け寄り、状態を確認する。

「っ!?」

ティアは息を呑んだ。恐らく攻撃を受ける際に、利き手の右腕で反射的に庇《かば》ったのだろう。元々、魔獣の背から落ちた時に痛めていた右手だが、その肘《ひじ》から先がなくなっていたのだ。

「うっ……くぅっ……っ」

呻《うめ》く青年を数秒見つめたティアは、静かに治療を開始した。

「……【清浄】【治癒】」

これで出血は止まった。しかし、いくらティアであっても、離れてしまった腕を元に戻す方法は知らない。傷口を綺麗にし、治癒させたことで、そこから先が最初からなかったかのように塞《ふさ》がってしまった。

「っ、どうして……」

先ほどまで感じていた痛みの感覚がまだ残っているのだろう。スィールは焦点の定まらない目でティアを見つめた。

「聞きたいことがあるんだ。簡単に死なれちゃ困る」

そうぶっきらぼうに言って、ティアはスィールから少し距離を取る。

「【牢壁《ろうへき》】」

スィールを土の牢《ろう》で覆《おお》うと、放り出されていた【神鏡《しんきょう》】を拾い上げた。

「これがバトラールの……【バトゥールの神鏡《しんきょう》】」

見つめる鏡の中には、何も映らない。あるのは渦巻《うずま》く闇のみ。それを見た時、ティアはどうすれば良いのかを感じ取った。

ティアは神属性の魔力を鏡に込める。すると、中に光が宿ったのだ。

神属性の魔力を扱うのにも慣れてきていた。しかし、それでも息を吐き出すように自然に放出できていることが不思議だった。

【神鏡《しんきょう》】の中心に現れた光の粒が、急激に大きく広がっていく。そして、光が溢《あふ》れたその時、パキっと音が響いた。

「あ……」

光に目を凝《こ》らすと、鏡に亀裂が走っている。次の瞬間、再び大きく音が響き、【神鏡《しんきょう》】は真っ二つに割れてしまった。

「っ⁉『神具《しんぐ》』がっ」

この様子を見ていたスィールが悲痛な声を上げる。その目の前で、【神鏡《しんきょう》】がサラサラとした砂のような光の粒子《りゅうし》に変わり、天へと吸い上げられるように消えていく。そうして何一つ、ティアの手には残らなかった。

そこへ、大きな羽音が舞い降りてくる。

「壊してくれたんだね……っ」

「天……使……っ」

スィールが呆然と見上げて呟《つぶや》く。大きな白い羽は、いつの間にか昇っていた月の明かりで輝き、いかにも天使らしい神秘的な姿を見せていた。

カランタは、ティアから少し離れた場所に着地すると、そのまま座り込む。

「よかったっ……ありがとう……っありがとう……っ」

「カランタ……」

泣き崩れるカランタに顔を向けたティアだが、その手は【神鏡《しんきょう》】を持っていた時のままの形で固まっていた。こんなにあっさり壊れて消える物だと知り、ティアは複雑な気持ちだったのだ。ゆっくりと自《みずか》らの手のひらを見つめる。すると、不意に涙が頬を伝った。

「っ、ティア？」

驚いたのはカランタだけではない。土でできた牢《ろう》の柵越しに、スィールもティアを見つめていた。

「こんな簡単にっ……あの日、兄様は命懸けで、これを消そうとしていたのにっ」

「レナードが……」

カランタの震える声を聞いて、ティアの心は静かに落ち着きを取り戻していく。レナードへの愛情と後悔の念が感じられたからだ。カランタがその気持ちを持ってくれていたのならば、少しは救われる。

涙を拭《ふ》き取り、顔を上げたティア。しかし、それは一瞬遅かったのかもしれない。

「っ!!」

殺気を感じたのだ。カランタに向けて、それはどす黒い感情を放っていた。

武器を取り出す余裕もなく、ティアは反射的に駆け出し、向かってくる敵とカランタの間へと割り込む。そして、カランタを庇《かば》うように押し倒し、その攻撃から守った。

「くっ……!」

「ティアっ!?」

カランタを襲おうとした物が、ティアの左肩を打った。鈍い痛みが走るが、そんなことに構ってなどいられない。緊急時用に、服の下に隠していたクナイを取り出し、相手に投げつける。

「うぐっ!!」

クナイは相手の肩に深く突き刺さり、呻《うめ》き声が響いた。

これにニヤリと笑うと、ティアは身軽に立ち上がった。クナイを抜こうと必死になっている相手へ、渾身《こんしん》の回し蹴りをお見舞いしてやる。

「はぁッ!!」

「ぐぅっ！」

二メールほど先にあった木へと叩きつけられた相手は、その反動で抜けた、クナイが刺さっていた肩を押さえ、蹴られた横腹を庇《かば》うように体を折り曲げた。

そこでようやく相手の姿を認識する。黒いフード付きの外套《がいとう》。本来ならばフードを目深《まぶか》に被っているのだろう。それは灰色の髪の男性で、背が高く、その両手に一つずつ短い棒のようなものを持っていた。手先から肘《ひじ》までの長さより少し長いくらいの棒で、それぞれの片方の端には握るための短い棒が垂直に付けられている。ティアはそれに見覚えがあった。

「旋棍《せんこん》なんて……今の時代に？」

棍棒《こんぼう》と同じく、今の時代にはないと思っていた武器だ。長い棍棒《こんぼう》とは違い、持ち運びがしやすいそれは、ティアもかつて技を磨《みが》いたことがある。

その見た目は、ティアの知る旋棍《せんこん》で間違いない。しかし、そこから感じる力は違う。先ほど旋棍《せんこん》を当てられた肩口に目を向けると、服が裂け、まるで魔術による風の矢が掠《かす》めた時のような傷が覗《のぞ》いていた。嫌な感じがする。

「まさか……『神具《しんぐ》』……」

そこから発せられる力と気配は、紛《まぎ》れもなく【神鏡《しんきょう》】と同じだった。未《いま》だ動けずにいる男の手にある『神具《しんぐ》』の先には、風が渦巻《うずま》いているのが見えた。

「風？　でも、それなら【神扇《しんせん》】って……」

風の力を持つ『神具《しんぐ》』は【神扇《しんせん》】だと、魔族の持つ文献にあった。男の持つ旋棍《せんこん》のような形状ではなく、扇《おうぎ》であるはずなのだ。

不審に思うティアへと答えをくれたのは、カランタだった。

「間違いないよ。ただ、『神具《しんぐ》』の中には、使い手によって姿を変えるものがあるらしい。長らく持ち主に合った姿は扇《おうぎ》だったんだ。けど、本当の名前は旋風を操《あやつ》る【ダシラスの神旋《しんせん》】」

『神具《しんぐ》』とは、本当に得体の知れない物だ。文献に残されていたとしても、それがいつ発生したのかさえ分からないのだから、情報が必ずしも正しいとは言えないようだ。

そこで、男が身じろいだ。

「うっ、なぜだ……なぜ天使が我らに敵対するっ」

呻《うめ》きながらも顔を上げた男は、ティアの後ろにいるカランタへと鋭い視線を向ける。恨みを込めたその視線が、男を攻撃したティアではなく、カランタへと向けられている。そのことに、ティアは苛《いら》立《だ》ちを顕《あら》わにした。

その視線を遮《さえぎ》るように横へ一歩動けば、男は今更ながらに気付いたのだろう。緩慢な動きで視線を上げ、ティアを認識する。

「お前は……」

「名を名乗れ」

まずは名乗れと、強硬な姿勢で男を睨《にら》みつける。だが、男は当然のように口を開こうとしなかった。

「名乗れと言っている」

「っ、お前に名乗る名などっ……!?」

しびれを切らしたティアは、アイテムボックスから『紅姫』を取り出す。そして、一気に男に詰め寄ると、首をはねる勢いでその後ろにあった大木を切り倒した。

「っ!?」

咄《とっ》嗟《さ》に横へと転がった男は、辛くも難を逃れる。しかし、ティアの苛《いら》立《だ》ちは治まってはいなかった。今更ながら、カランタを攻撃されたことに腹を立てていたのだ。

「その『神具《しんぐ》』ごと葬《ほうむ》ってやる！」

何も知らない人が見れば、悪役は明らかにティアの方だろう。本気で男を狙い、『神《しん》具《ぐ》』ごと真っ二つにしようと『紅姫』を振り下ろす。

「くっ⁉」

男は旋棍《せんこん》を盾に、『紅姫』の刃を受ける。だが、その重さは普通の剣とは違う。耐え切れるはずもなく、男はまた数メール吹っ飛ばされた。

地面を転がり、痛みに耐えながらゆっくりと起き上がる。その顔には、得体の知れない強敵への恐怖が浮かんでいた。

ティアは、そこで『紅姫』の構えを解く。この時には男をじっくりと観察し、落ち着きを取り戻していた。そして、男の正体を推測する。

「お前、ライダロフか？」

「っ‼」

男は反射的に、檻《おり》の中に囚われているスィールへと目を向けた。自分のことを話したのではないかと、問い詰めるような視線。それでティアは確信を得る。

「そいつは何も話していない。そうか、お前がライダロフか……組織の幹部が出てくるとは好都合だ」

ニヤリとしたその笑みは、新しい玩具《おもちゃ》を見つけたような喜びに彩《いろど》られていた。だが、ライダロフの目には、悪魔のような黒い笑みに見えたことだろう。息を呑み、表情が強張《こわば》るのが見てとれた。

こうなると、ティアもいつもの調子が戻ってくる。敵に情けなど無用だ。容赦もしない。そして、ティアはこういった輩《やから》の心を折るのも得意だった。

「先に言っておいてやろう。神はお前らに味方しない。『神具《しんぐ》』は残らず壊し、天へと還《かえ》す。この私がな。ついでにお前達も天に還《かえ》してやろう」

「き、貴様っ！　我らを愚弄《ぐろう》するか!!」

「それはこちらのセリフだ。お前らは間違った。大人しく、静かに天に祈るだけで満足していれば良かったものを」

そうして、ティアは目の端に映った【神笛《しんてき》】へと、『紅姫』を振り下ろした。

「あっ!!」

「なっ!?」

神属性の魔力を刃に込めたことで、【神鏡《しんきょう》】と同じく、あっさりと【神笛《しんてき》】が破壊される。

そして光の粒子《りゅうし》となって天に昇っていった。

それを目の前で見せられたスィールは檻《おり》の中でへたり込む。そして、糸が切れたかのように、ふっと意識を手放した。一方のライダロフも信じられないものを見たかのように目を見開き、固まっている。

「これで二つ目だ。さぁ、その『神具《しんぐ》』も手放せ」

『紅姫』の先をライダロフへ向け、ティアは言い放つ。

その時だった。急速に何かが近付いてくる気配を感じたのだ。

ライダロフから意識をそらすことなく、向かって来るものの気配を慎重に探る。それは空から来ていた。上を見上げたティアは、それがワイバーンだと認識する。

その背にジェルバが乗っているのを見て、ティアは目を見開いた。どうやらカルツォーネや風王、水王からまんまと逃げてきたらしい。

「やるなぁ」

よく逃げられたものだと感心しながらも、ティアは苦笑を浮かべる。

ワイバーンの首には銀の鎖があり、手足には枷《かせ》がはまっているのが見えた。恐らく、それらは魔獣を操《あやつ》るための魔導具だろう。ワイバーンの目は充血し、真っ赤に染まっている。人でさえも実験の道具にするジェルバだ。禁忌《きんき》とされる、魔獣の意思を操《あやつ》る術を研究していたとしても不思議ではない。

そのままジェルバはワイバーンを操《あやつ》り、ライダロフへ向けて急降下していく。

「逃がすかっ」

ティアは一気に距離を詰める。ジェルバよりも先にライダロフのもとへ。それでワイバーンごと叩き斬るつもりだ。『紅姫』を構え、振り上げる。

その時、ライダロフから受けた傷が酷《ひど》く痛んだ。

「つっ……っ」

なぜこんな時にと奥歯を噛みしめる。そのせいで一歩間に合わない。振り上げた『紅姫』は地面を抉《えぐ》るだけに終わった。ジェルバはライダロフをワイバーンの背に引き上げ、急上昇していく。

このまま逃げられてしまうのかと空を見上げた時、ジェルバがスィールを回収しようとしていることに気付いた。ワイバーンが風弾を口から吐き出し、スィールを捕らえている土の牢《ろう》を破壊した。

ティアは痛みに顔を顰《しか》めながら振り返る。

「くっ、そうそう上手くいくと思うなっ！」

ティアは感じていた。今まさにティアのもとへと急速に飛んでくるものを。

それに気付かないジェルバは、してやったりという表情を浮かべ、ティアを見た。その手にスィールの腕を掴むと、ワイバーンが上昇するために羽を大きく広げる。

そこへ、小さな弾丸のような何かが飛んでくる。それがワイバーンの体勢を崩し、ジエルバの体も傾《かし》いだ。

その機を見逃さず、ティアは飛び上がる。痛みを堪《こら》えながらも、『紅姫』でスィールを掴むジェルバの腕を躊躇《ちゅうちょ》なく斬り落とした。

「ぐうっ！」

落ちたジェルバの腕が、スィールごと地面に落ちる。それほど間を置かず、その腕が不意に脆《もろ》く崩れ、砂埃のように舞い上がる。

月明かりに照らされて去っていくジェルバを睨《にら》みつければ、斬り落としたはずの腕が、ゆっくりとその形を取り戻していくのが見えた。そして、その背に黒い翼が生える。

「天……使？」

その呟《つぶや》きをカランタが拾う。

「あいつは天使だよ。神の特別な天使……天に還《かえ》れなくなった堕天使《だてんし》だ」

カランタのような真っ白で輝くような翼ではない。その上、片翼《かたよく》しか見えない。

ジェルバは金に光る目を一度ティアの方へと向け、空に消えていった。

《キュゥ！》

「助かったよ。フラム」

《キュキュ～》

そう。飛んできた弾丸とは、フラムのことだ。そのまま大きくなって追おうとしていたようだが、ティアの異変に気付いたらしい。

《キュ？》

「フラムが来てくれたなら追えたんだけどね。まったく、なんなんだこの傷っ、くっ……」

今になって酷《ひど》く痛むのだ。まるで傷のある場所をキツく締め付けられているかのようだった。

その傷を見れば、先ほどとは打って変わって黒ずんできている。

「ティア！　ごめん。また僕を庇《かば》ってっ……」

「またって何よ。そんなこと……」

涙を流すカランタを見て思い出す。確かに昔、そんなことがあったなと。だが、気付いた時には反射的に庇《かば》っていたのだ。

そこへ、カルツォーネがやってきた。

「ティアっ、怪我を!?」

脂汗《あぶらあせ》をかく、常とは違う様子のティアに、カルツォーネは慌てて駆け寄った。そして、傷口を調べると、青ざめた顔で確認する。

「これはっ。まさか、ライダロフとかいう奴にやられたんじゃっ」

「そうだけど、なんでそれっ……をっ」

ティアは顔を顰《しか》めながら、耐えきれずにしゃがみ込む。

「ティアっ」

焦るカルツォーネに、大丈夫だと片手を上げた。とはいえ、そろそろ意識がもたないようだ。でも、これだけはとカルツォーネに尋《たず》ねる。

「どうしてライダロフだとっ？」

これに、カルツォーネが綺麗な顔を痛ましそうに歪《ゆが》めて答えた。

「昔、まだ『豪嵐《ごうらん》』でパーティを組んでいた頃、マティが敵対したらしい。その時の傷と同じだ。マティは平然としていたが、シェリーが気付かなければ、あの時マティは死んでいた」

「母様が……っ」

「ティア？　ティアっ！」

カルツォーネの話を聞き終えると、ティアは不意にくずおれる。霞《かす》んでいく意識の中で、カランタの泣きそうな声を聞いた。ティアは思わず口にする。

「……かないで……とぅさま……」

それが聞こえたかどうかは分からないが、そのままティアは意識を手放したのだ。

◆　◆　◆

懐《なつ》かしい声が響いていた。

『サティは素直すぎてな。冗談が通じんのだ。それをからかうと非常に面白い。だから泣かせてやるといい。たまには王としての仮面を外してやらんとな』

これに、なんと答えただろう。『父で遊ぶ』ことがサティアへの新しい課題だと言って、マティアスが笑った。それを微《かす》かに思い出したのは、光の中で彼と初めて会った時。

『あいつが自分から会いに来るまで、お前からは会いに行くなよ？　城の中でも迷うほど酷《ひど》い方向音痴だから、なかなかここには辿《たど》り着けんのだがな』

それでは、その課題はいつ果たせるのかと疑問に思ったものだ。

『あれで童顔を気にしていてな。髭《ひげ》を生やしたところでそう変わらんだろうに、バカだろう？　ほら、これがあいつの若い頃だ。天使みたいな王子様だとか言われてたぞ』

笑うマティアスの手には、魔術師長キルスロートの作だという、黒い線だけで描かれた肖像画があった。サティアの兄妹達にどことなく似ており、一番似ているのは一つ年下の病弱な妹だった。

そんな記憶があっても、それが父だと確信は持てなかった。だが、今目の前に広がろうとしている情景は、それを裏付けるものなのだろうと思う。

サティアが辿《たど》り着いたのは謁見《えっけん》の間。玉座に座っている王と、反乱軍の者達が対峙《たいじ》していた。その両者の間には国の騎士達がいる。

予定より遅れてしまったのは、兄レナードとの別れを惜しんでいたからだ。

彼を見つけたのは地下の入り口の前だった。体に刺し傷を負いながらも、レナードは治療を後回しにし、膨大な魔力をもって地下にある何かを破壊しようとしたらしい。溢《あふ》れた力が地上にまで達し、今頃は炎に包まれているだろう。最期の言葉は『すまない』だった。

そのレナードに傷を負わせたのが父王だと分かったのは、この場に来てからだ。

父王の胸元は血に濡れ、足下の血だまりに剣が落ちていた。レナードはサティアが父王を手にかける覚悟を持ってきたと知って、先手を打とうとしたのだろう。優しい兄のことだ。サティアがやるくらいならば自分が、と思ったのだと容易に察せられる。

あの傷では助からない。ならば、一刻も早くとどめを刺してやるべきだ。

サティアが駆け寄ろうとした時、父王が手を上げる。魔力が急激に圧縮されていく気配があった。それを感じて、サティアは騎士や反乱軍の者達に警告した。

「結界を張りなさい！」

この場にいるのは騎士団長達や近衛《このえ》の精鋭達だった。だから、父王が今発動しようとしている魔術について知っている。反乱軍の者達を守るため、騎士達は盾になるべく結界を張った。

それは悪魔のような魔術だった。黒く圧縮された魔力の玉は、人を五人は軽く呑み込めそうな大きさだ。それに触れた床は抉《えぐ》れ、美しい溝ができる。

騎士達全員で結界を何重にも張らなければ、跡形もなく消されてしまうところだった。父王にはその魔術が限界だったのだろう。静かに項垂《うなだ》れた体勢になるのが見えた。

「お前達、すぐにここから立ち去りなさいっ」

そう言ってサティアは父王の下へ駆け寄る。この場にいる騎士達には伝えてあった。もうすぐ、城の至るところに仕掛けた魔導具が発動する。これに巻き込まれたら、ただではすまない。反乱軍の役目も、ここまで来ただけで十分果たされた。民もまとまったのだから。

その時、反乱軍のリーダーであったスィールが叫んだ。

「王よっ！　自由を失った民達の苦しみを知れ！」

その言葉と共に、王へと矢が放たれる。サティアは咄嗟《とっさ》にその矢から父王を庇《かば》った。剣を持ってこなかったことを悔やむ。自分の腹に矢が深々と刺さったのが見えた。痛みより先に、ヒヤリとした鏃《やじり》の冷たさを感じた気がした。

しかし、ここで倒れるわけにはいかない。もう時間はないのだ。少し振り返ると、呆然と見上げる父王と目が合った。サティアを映す瞳は、正気を取り戻した澄んだ色をしている。不安げに揺れるその瞳へ、安心させるように笑みを見せると、騎士達に再度命令した。

「その者達を城の外へ！　民に王を弑《しい》させるわけには参りません！　王家は今日滅びます。それでも民にその責を負わせるわけにはいかないのです！」

「っ、サティア様……っ、はい！　お前達、急げ！」

騎士達は、抵抗をやめたらしい反乱軍の者達を強引に押し出していく。その時、スィールと目が合った。その顔はなぜ、と言っているようだった。

謁見《えっけん》の間から騎士達が出ていく。それを見送って振り返ると、父王が先ほどのスィールと同じ表情を浮かべていた。そのまましばらく見つめ合う。

こんなに近くで会ったのはいつぶりだろう。記憶も定かではない幼い時以来ではない かと思う。

　一歩を踏み出せば、父王が手を伸ばす。けれど触れる寸前、爆発が起こった。それは城を揺るがし、不意に力が抜けるような感覚がサティアを襲う。

　魔力の急激な放出のせいだ。今日まで溜め込んでいたサティアの魔力によって、魔導具が発動していく。サティアの命を吸って、この城は消えるのだ。この謁見《えっけん》の間にサティアがやってきた時点で発動するよう仕掛けてあった。

　耐えられず傾《かし》ぎ、倒れたサティアは、早く父王を楽にしてあげなくてはと、霞《かす》んでいく意識の端で思っていた。爆発は連鎖し、この謁見《えっけん》の間も一瞬のうちに炎に包まれていく。けれど、熱いのか寒いのかももう分からない。

　その時、何かが頭に触れた。それが父王の大きな手だと気付いて、目だけをそちらへ向ける。

　目にはもう父王の顔を映すことができない。けれど声は聞こえていた。

「ティアっ、ティアっ、すまない……っ」

　そんな声を聞いたのは初めてで、どんな表情をしているのかは分からないが、泣いているのではないかと思った。だから聞こえるかどうかは分からないけれど、最期にこう告げたのだ。

「泣かないで、父様……」

やがて炎はサティアと王を包み込み、城と共に灰燼《かいじん》に帰《き》したのだった。

終章　女神に与えられた課題

ゆっくりと覚醒する中で、ここはどこだろうと思考を巡らせる。

『神具《しんぐ》』によって受けた傷は、もう痛まないようだ。だから、呑気《のんき》に考える余裕があった。

最初に目に映ったのは、意識を失う前に見た顔だ。夢の中で見た父の顔と重なる。

「ティアっ」

今にも泣き出しそうなカランタの表情を見たら、言いたかったことを無理やり呑み込むしかなかった。口から出たのは、いつもの調子の憎まれ口。

「間抜け顔」

「ううぅっ、一言目がそれっ⁉」

これでいじけて離れるだろうと思ったのだが、目論見《もくろみ》は外れた。カランタは横になったままのティアに抱きついてきたのだ。そして、耳元でグチグチと恨み言を囁《ささや》かれる。

「心配したんだから。もし死んじゃったらって……ティアが死んだら僕は……っ」

そんなカランタの背に、ティアは自然に手を回した。

どれだけ心配されていたか、大切に思われていたか、知らないわけではない。ずっとずっと昔から、不器用に注がれた愛情を知っている。

「うぅっ、無事で良かった……っ」

「うん……大丈夫だよ」

この人の前で二度と無様に死なない。いや、死ねないと思った。

そこに、低い声が響いてくる。

「……あなたは一体、何をしているのです？」

「っ⁉」

殺気を感じたカランタが飛び上がるように体を離す。

「えっ、えっ⁉　いや、だってっ……」

シェリスの、背筋が凍《こお》るような冷徹な目が、カランタに向けられていた。

「羽虫が、私のティアに抱きつくなど許せません」

「僕は羽虫じゃないよっ」

翼を広げ、シェリスに抗議するカランタだが、その翼が小刻みに震えている。

ティアは体を起こすと、腕を組んでカランタを威圧するシェリスに苦笑した。

「その辺にしてあげて。それよりシェリーがどうにかしてくれたの？」

「ええ。あれらと交戦するならば、いつか必要になるかもしれないと思い、作っておいて正解でした。それがなければ危なかったのですよ？」

「ごめん。ありがとう」

シェリスがこの場にいて助かった。当時のマティアスと今のティアとではどれだけ身体的な差があるのかは分からないが、シェリスが危なかったと言うのなら相当危険だったのだろう。本来ならば素材を集めるところから始めて、作るのに何日もかかる薬を、先んじて作っておいてくれていたのは助かった。

そこへカルツォーネと妖精王、ルクスが近付いてくる。みんな一様に安堵《あんど》の表情を浮かべていた。

改めて周りを確認すると、ティアが寝ているのは妖精王の謁見《えっけん》の間の端っこだ。端とはいっても、天蓋《てんがい》つきの大きなベッドである。

「ティア……無茶をしたね」

《よかった。やっと再会できたと思った日に亡くすなんて、ごめんだからな》

「以後気を付けるよ」

どれだけ眠っていたかは分からないが、本当に心配をかけたらしいと知る。離れたところでは、泣きそうな目をしたシルが立ち尽くしていた。

「シルもごめんね。もうなんともないから」

「はいっ」

サクヤやクロノス、エルヴァスト達の姿がない。どこに行ったのだろうと見回すと、未《いま》だにシェリスと牽制《けんせい》し合っていたカランタが気付いて駆け出す。

「そうだっ、ティアが目を覚ましたら子ども達を呼ぶんだった。ちょっと行ってくるね」

そのカランタの背に、ティアは慌てて注意する。

「ちょっと、一人で行ったら迷子になるでしょっ！」

けれど、その言葉はカランタには聞こえなかったようだ。ティアはため息をついて、いつ戻ってくるだろうかと頭を抱えた。

「それじゃあ、私はクロノスを呼んでくるよ」

クロノスは子ども達とは別の階層で、アリアとの戦いから掴んだ剣技を練習しているらしい。カルツォーネがウィンクをしながら部屋を出ていった。

そこで、明らかに不機嫌な声が降ってくる。

「ティア、随分あの羽虫と仲が良いようですね。あれが、あなたを転生させた天使ですか」

シェリスはティアから聞いていた情報や今回の様子から、それを推察したのだろう。

ティアは頷《うなず》き肯定すると、自嘲《じちょう》気味に笑う。

「うん。けど大目に見てよ。あれ、一応父様だからさ」

「……はい？」

シェリスが普段見せないような驚きの表情を見せる。振り向いた妖精王も動きを止める。

「だからアレは、サティル・ディア・バトラール。毛色は変わってるけど、間違いなく父様だよ」

「「えぇぇぇえっ」」

シェリスまでもが声を上げて驚く。貴重なものを見たと思わず笑ってしまった。そのままティアは片目を瞑《つぶ》り、お茶目な悪戯《いたずら》を予告するように続ける。

「あっちは、私が気付いてるって知らないみたいだから、まだ黙っておいてね☆」

「……分かりました……」

なんと言っても、『父で遊ぶ』のはマティアスから与えられた課題なのだから。

「とりあえず食事の用意でもしましょうか。ティアも喉が渇《かわ》いたでしょう。今お茶を淹《い》れますね」

内心まだ動揺しているようにも見えるが、シェリスはなぜか謁見《えっけん》の間の中央に残されたままの調理台の方へ向かって行った。その際、すれ違ったルクスに目で何か訴えている。これに応えたのか、ルクスがティアの傍《そば》へやってきた。その表情は硬い。

「ルクス……ルクスは怪我しなかった？」

「あ、ああ……手強かったけどな」

「ははっ、さすがに腐っても英雄コルヴェールだからね」

短い時間であっても妖精王と手合わせをして、剣に慣れておいて良かったというのは、後日ルクスが口にする言葉だ。

そんな話をする間に、妖精王も静かにティアとルクスから離れていった。その行動が意味することを、ティアは分かっていた。真摯《しんし》に見つめてくるルクスの様子からも、今なのだと分かる。

ティアはベッドの端に腰掛けるようルクスを促《うなが》すと、静かに、穏やかな口調で告げた。

「ルクス、私ね……私はサティア・ミュア・バトラール。サティアだったんだ」

「……そうか……」

こんな荒唐無稽《こうとうむけい》な話にどう応えれば良いのかなんて、ティアでさえ分からない。ルクスの複雑な気持ちも察せられるので、ティアはそのまま続けた。

「うん。五百年以上前に一度死んで、さっきの天使に転生させられたの。こうやって記憶を持ってまたここに戻ってこられたことには感謝してるんだ。あの時、ちゃんとお別れできなかったシェリーやカル姐《ねえ》、サク姐《ねえ》さんや妖精王ともこうして再会できた」

　今がなければ、ずっとこの先も、彼らの最期の時まで傷つけたままになっていたのだ。どんな思いでいたのか知らなかったとはいえ、これは立派な罪だろう。

「何より……今の私が本来の私らしい姿だと思う。王女として生きるのが嫌だったわけじゃないけど、私にはやっぱり窮屈《きゅうくつ》だった。自由に生きたかった」

　サティアとして生きていた間は、嫌だなんて思わなかった。冒険者になりたいという夢はあっても、王女としての自分に不満があったわけではないのだ。だが、生まれ変わって気付いてしまった。自由を求めていた自分に。

「私は、周りの思いなんて理解できずに勝手に突っ走ったバカな王女で、それでもみんなはまたこうして会えるのを待っていてくれた」

　再会を喜んでくれた友人達。勝手に信頼を裏切って死んだというのに、実に気の良い友人達だ。だから、ティアはその思いに今度こそ報いなくてはならないと思っている。

「こうして生まれ変わったのは多分、過去を清算するため。父様もそうだと思うんだ。あの時、国をおかしくしたのはなんだったのか。今回のことは、それを追究することなく命を終えてしまった私達への課題なんだと思う」

『神の王国』と名乗る彼らと対峙《たいじ》する度、胸がざわついた。まるで、やらなくてはならないことを後回しにしているかのような、すっきりとしない気持ちの悪さ。どうにかしなくてはと、意味も分からず急《せ》かされる。

そんな時、不意に思い出すのは前世の兄レナードのことだ。ティアは、レナードがなぜあのような行動を取ったのか、ずっと気になっていた。地下に何があったのか。それに気付いたのは、バトラール王家に『神具《しんぐ》』があったと知った時だ。レナードが命を懸けてまで消すべきだと思った物。あれが、全ての元凶だったのかもしれないと感じていた。

『もしそれが後世の人々にとって重荷になると分かったなら、終わらせることも考える』

『本当に何があっても残さなくてはならないものなのかという理由を探す』

どちらもレナードの言葉だ。それが指すものは『神具《しんぐ》』だったのではないか。

もしかしたら、レナードは彼らにそれを渡さないためにああしたのではないだろうか。

だから、奴らが『神具《しんぐ》』を使っているのが気に入らない。何より、『神具《しんぐ》』を手にした時に感じたのだ。これはもう消さなくてはならない物なのだと。

あれらを託した正統な血筋の多くは絶え、わずかに残る血筋は受け継ぐ物を失っている。神が願ったことは既に成され、『神具《しんぐ》』はその役目を終えているのだ。それを今、本来扱うべきではない者が無理に手にし、地上に混乱を招いている。もう必要ない。あってはならない。

これを利用し、他の種族の者達と事を構えようとするところも間違っている。『神《しん》具《ぐ》』は人族の存在を正当化するためのものではなく、ただの救済措置としての道具だったのだから。

「正さなくちゃいけない。こんなことをしでかす奴らを倒す」

ティアが自分に言い聞かせるように口にした言葉を、ルクスは静かに聞いていた。そして、まっすぐにティアを見つめる。

「俺にも手伝わせてほしい」

「……ルクス？」

真剣な眼差し。はぐらかすことはできないだろう。

「俺は、今のティアしか知らない。ティアがサティア様だとしても、俺が知っているのはティアラール・ヒュースリー……お転婆で、強くて、物知りで、大人に引けをとらなくて、時々無茶をして心配させる、俺が……傍《そば》にいたいと思った女の子だ。それ以外の存在にはなり得ない。だから、手伝わせてほしい。何より……」

ルクスは不機嫌そうに言葉を止めると、強い口調に切り替えた。

「一人でなんでもやろうとするなっ」

「っ……」

最後の一言には、怒りや苛立《いらだ》ちが感じられた。ティアはハッとする。あの頃とは違うのだと。

「いいか。一人で抱え込むなんてさせないからな！」

ティアに指先を向け、皆と合流するべくルクスは調理台の方へ歩いていく。

「ルクスっ」

ちらりと見えた横顔は、言ってやったぞという満足げな表情だった。それを目にしたティアは思わず苦笑する。今聞いた言葉がどこか懐《なつ》かしいと一瞬感じた気がした。その理由を探そうとした時、賑《にぎ》やかな声と共にカランタが戻ってきたのだ。ちゃんとアデルとキルシュを連れている。エルヴァストとサクヤ、双子も一緒だ。

「天使さんって、方向音痴なんだね」

「アデルちゃん、天使って一括《ひとくく》りにしちゃだめよ。多分、個人の能力によるから」

「ううっ……」

サクヤの容赦のない指摘に、エルヴァストが一応フォローを入れる。

「先生、いくら正しくても、それは本人の前で言ってはいけませんよ」

「いいのよ。なんか初めて見る他人じゃない気がするんだもの」

サクヤは鋭い。言われたカランタはビクリと肩を揺らしたように見えた。正直すぎる。

「それにしても、天使を見られるとは驚きだ」

「キルシュってば、ティアの傍《そば》にいて、それって今更じゃない？」

「それもそうか」

少し失礼な意味に聞こえたのは気のせいだろうか。そこでアデルとキルシュが揃《そろ》ってこちらに目を向けた。

「ティアっ。ちゃんと生きてる？」

「お前が怪我をすることもあるんだな」

「……アデル、キルシュ……ちゃんと心配してくれた？」

「『一応したけど』」

「何、一応って！」

この場にいなかったことと、明らかにサクヤを引率《いんそつ》役にしてダンジョンを見学してきましたという友人達の態度に、少々傷つく。

「だって、ティアなら死んでも生き返りそうだし」

「腕や足の一本くらい、なくなっても生えてきそうだ」

「そんなことないし！　ちょっとそれ、もう人辞めちゃってるよ!?」

これにも「だってねぇ」と顔を見合わせる二人。

「ああ、それは私も賛成だな。ティアが天使だと言われても驚かない自信がある」

エルヴァストまで便乗し、ティアを人外認定してくれた。

「ふふっ、日頃の行《おこな》いの賜物《たまもの》ね。自業自得よ。良い意味でも悪い意味でもね」

クスクスと愉快そうに笑うサクヤの両側では、イルーシュとカイラントが揃《そろ》って首を傾《かし》げる。

（ねぇさまいいこ？）

（ねぇさまわるいこ？）

その後ろにいたマティが二人の念話《ねんわ》を拾って答えた。

《主《あるじ》は『すごい人』だよ》

（すごい～）

（つよい？）

《うん。すごく強い》

その会話に脱力しながら、ティアはのそりとベッドから抜け出し、ルクス達の方へ合流する。

「ねえ、ルクス。あの人達ヒドくない？」

「ティア、現実は受け入れた方がいいぞ」

「ルクスまでっ⁉」

そうして笑いに包まれるこの場が、とても温かいと感じるのは、ありのままを受け入れてくれようとする仲間達のおかげだろう。こうして共にいられる時間を大切にしたいと思う。そして、二度とその想いを裏切らないようにしたい。

ティアには今、確信があった。

全てを知って、過去の因縁も断ち切り清算できた後も、きっとこの気の良い友人達はティアを受け入れ、こうして笑い合えるだろう。こんな希有《けう》な者達に出会えた人生に感謝する。

「もうっ。でも心配かけちゃったお詫びに夕食は私が作ろうかな」

「ティアの手料理っ！」

カランタが嬉しそうに目を輝かせる。彼とは色々話さないとなと思いながら、それでも今はこのままでと、腕を鳴らす。

捕まえたはずのスィールと名乗る青年にも、向き合う必要がある。だが、今はそれも忘れよう。

「任せて。いっぱい作るよ」

「うんっ。あ、でも僕も手伝うよ」

「なら一緒に」

皆の笑顔が曇らないように、『一緒に』乗り越えていこう。この先の未来へ進むために。

女神の周りは驚きに満ちて

書き下ろし番外編

馬車が二台、王都に向かって走っていた。

後ろの馬車に描かれているのは王家の紋章だ。馬車には侯爵領の視察を行った王と王妃、その世話役として付き添っている側妃でもあるエイミールとエルヴァストが乗っている。

前の馬車に乗るのはコリアート・ドーバン侯爵。十数年振りの領都の視察による気疲れで今頃はぐったりしていることだろう。

王は外の景色を見ながら、視察の様子を思い出して口を開いた。

「エルは厳しいな……コリアートがあれほど追い詰められる様子は初めて……いや、二度目か」

今思い返せば、視察の同行を申し出た時のエルヴァストはとても含みのある笑みを浮かべていた。

「ティアほど厳しくはありませんよ」

「ははっ、彼女は手も出ていたからな。それに、威圧感もすごかった」

「大人相手にも怯《ひる》みませんからね」

それを聞いて、ティアを知っている王妃とエイミールも小さく頷《うなず》いた。

「確かに、王である私にも全くと言って良いほど緊張もないようだからな」

「そこは仕方ありません。ティアは他国の王との面識もありますからね。今更ということでしょう」

「ん？　他国の王と面識があるのか？」

これには、控えていた王妃とエイミールも目を丸くした。

「……そういえば……話しておりませんね……」

ここでエルヴァストは自身とも親しい他国の王の存在を父王達に話していないことに気付いた。初めて会った時には護衛のビアンもいたが、報告はしないと言っていた。それから何度も会っているが、あえて報告はしていなかった。

「その……ティアやマスター……ジルバール様の友人なのですが……」

「ジルバール殿と？　それは、どこの国の王だ？　その様子だと、エルも会ったことがあるのか？」

「……あります」

王の目が鋭く光った。エルヴァストは視線を泳がせながらも覚悟を決めて説明した。

「お名前はカルツォーネ。私もカル姐《ねえ》さんと呼ばせてもらっています。王になられる前は冒険者をしておられまして、私も時折戦い方などの指導をしていただいております」

こうして説明しながらも、誤解を与えないようにするにはどうすべきかと考える。カルツォーネとの交流を禁止されたら、エルヴァストは城を飛び出すかもしれない。

「その王がもしや、この国に来ておるのか？」

「はい……友人であるジルバール様やティアに会いに何度か来られています」

お忍びであったとしても、王が他国に入るというのは問題だ。情勢を知られてしまう。王としては警戒すべきことだった。それがわかるからこそ、エルヴァストは慎重に言葉を選んだ。とはいえ、ここからカルツォーネの魔族の国は遠く、この国との間には幾つもの国がある。危機を感じるほどではないはずである。

「この国に害をもたらす方《かた》ではありません」

「……うむ……」

そう言われても、信じるのは難しいだろう。

この先をどう説明すべきかとエルヴァストが悩んでいると、急に馬車が止まった。

「どうした？」

近付いてきた近衛《このえ》騎士団長のリュークに王が尋《たず》ねる。

「この先に、魔獣がおります。回避できないか検討させていただきます。少々お待ちください っ」

「構わぬが……」

王もエルヴァストもリュークの顔色に気付いた。

「私にも確認させてくれ」

「っ、いいえ、危険です！」

「危険かどうかは見てから決める」

エルヴァストは馬車から降りて状況を確認する。

「なるほど……これは今の護衛だけでは厳しいな」

「そ、そのようなことは……っ」

冒険者として活動をしていたエルヴァストにはそれがAランクの魔獣だと分かった。

本来ならば街道まで出てくるような魔獣ではない種類の違う二頭が戦闘中だった。縄張り争いなのだろうか。距離があるので、こちらの存在には気付かれていないだろうが、これ以上近付いたら分からない。

王や侯爵も気になったのだろう。馬車から降りてきた。

「これはすごい」

「……っ」

感嘆の声を上げているが、王は顔色が悪かった。侯爵の方は目が虚《うつ》ろになっている。

エルヴァストはしばらく考え込むと、顔を上げて馬車の上に声をかけた。

「どうすれば良いだろうか」

「エル？」

誰に話しかけているのか疑問に思った王が声をかけながら、エルヴァストの視線の先へ目を向ける。すると、馬車の上に女性が立っているのが見えた。黒い装束を身に纏《まと》い、長い黒髪を一つに束ねている。反対側へ飛び降りて回ってくると、エルヴァストの問いかけに答えた。

「もうじき、この上を通られる方々に呼びかければよろしいかと」

「上？」

空をしばらく見回したエルヴァストは、小さく見えたものに目を留め、驚きながらも満面の笑みを浮かべた。

「素晴らしい！　最高の情報だ！」

「お役に立てたようで何よりです」

「ああ、そなたをつけてくれたティアに礼をしなくてはなっ」

喜びながら、エルヴァストは馬車から離れていく。

「エル！」

一人では危ないと注意しようとする王やリュークをビアンが遮《さえぎ》る。

「心配ありません。ああしてエル様だけ離れることで、あの方々が気配を察しやすくなりますので」

「なに？」

エルヴァストは父達から距離を取り水の球を上空へ打ち出した。それにより、完全に気付いたらしい。黒い翼のついた馬とグリフォンに乗る二人の美丈夫《びじょうふ》が降りてきた。

「クロノス、カル姐《ねえ》さん！」

「エル様。お久し振りでございます」

「おやおや。足止めされているようだね」

「はい！　困っております」

緊迫した空気を霧散《むさん》するような呑気《のんき》な様子に、王達は呆《ほう》けていた。

「アレは良い素材が取れそうだね。ティアやシェリーが喜びそうだ。もらってしまってもいいかな？」

「どうぞ」

「ティア様がお喜びになるのでしたら、気合いを入れなくてはなりませんね。皮も使われるでしょうか？」

「奥のはいらないね。内臓だけだ。そっちをやるかい？」

「そうさせていただきます」

「では、行こうか。良いお土産ができそうだ」

二人は嬉しそうに魔獣に向かっていった。

戦闘が始まって数分後。そこには綺麗に解体した後、魔獣の不要な部分を焼却するカルツォーネとクロノスの姿があった。それが終わると、騎獣《きじゅう》を預かっているエルヴァストとビアンの方へ戻ってくる。

エルヴァストが笑顔で迎え出た。

「カル姐《ねえ》さんは解体も上手いですね」

「仲間の一人に竜人族がいてね。みっちり教えてもらったんだよ。シェリーは薬、ダグは武器、私は魔導具を作るために、それぞれ素材が必要だろう？　余った部位はサク姐《ねえ》が料理するから、解体を教えてもらってからは、何も残らなかったね」

王達はそんな話を耳にしながら、動けずにいた。それに気付いたカルツォーネが目を向けて微笑み、エルヴァストへ尋《たず》ねる。

「随分待たせてしまったね。君の家族かい？」

「はい……その……どう説明すれば良いのか迷っていまして……」

「ああ、なるほど。けれど、きちんと挨拶《あいさつ》しておいた方が良いだろうね」

そう言って、カルツォーネは王達に近付いていく。距離を空けて立ち止まり、美しく微笑んだ。魅力的なその笑みに、王達は一瞬息を止める。

「はじめまして。この国には友人を訪ねて何度か来させていただいています。魔族の国の王。カルツォーネと申します。お見知り置きください」

魔族の王の名は、歴代の魔王の名を連ねるとても長いものだと聞いている。それを聞けば、それら魔王の力が集まってしまい、相対する相手の命が危なくなる。よって、他国の者に名乗ることはないのだ。言い伝えでしかないが、それが真実なのだろうと、カルツォーネの様子から察した。

「まっ、魔族の……っ、あ、いや、こちらこそ、助けていただき感謝いたします。フリーデル王国国王、セルヴィアントと申します。息子が世話になっていると聞きました。ご挨拶もせず失礼を」

魔王相手には国名と名を別々にというのが正しい作法だった。

「エルヴァストは、私の友人が兄と慕《した》う者ですからね。魔術や剣の素質もあり、教えるのも楽しませていただいています」

「光栄です」

自身の息子が、魔王にも手ほどきを受けていると知って驚きと共に感謝を示す。

挨拶《あいさつ》を済ませると、エルヴァストが再びここを通った理由を問いかけた。

「ティアに会いに行くのですか？」

「頼まれていた魔導具を渡そうと思ってね。ティアが預かっている君の弟妹達のお守りだよ。届けるついでにクロノスとデートを楽しんでいたのさ」

片目をお茶目に瞬《またた》かせるカルツォーネ。エルヴァストは離れたところで天馬とグリフォンを宥《なだ》めているクロノスへ目を向けて礼を言う。

「ありがとうございます。カイラントとイルーシュもこれで王宮に戻れます」

これを聞いて、王は興奮気味に問いかけた。

「お、お待ちください。カイラント達のために王であるあなたが自《みずか》ら？」

「ええ。昔は、魔力に問題の出る双子についての対策は魔族の国で作られる魔導具を使って解決していました。しかし国交がなくなってからは、その対応が人族の国では行《おこな》えず、亡くなる者も多かったと聞きます」

「っ……で、では、カイラントとイルーシュは……」

不安そうに見つめる王と王妃に、カルツォーネは頷《うなず》き返す。

「既に妖精王の加護も得ていますからね。誰よりも安全で、なおかつ最高の対処ができますよ。魔力暴走が起きることもないでしょう」

確実な答えをもらい、王達は涙を流した。

「ふふ。よければ、迎えに行かれますか？　魔導具が届いたらすぐにでも王宮へ帰すとティアは言っていました。ご一緒して、そのままお連れになってはどうです？」

「可能なのですか⁉」

この提案に王は飛びついた。生まれてすぐに引き離された子ども達だ。その姿さえ見ることは許されなかった。一刻も早く抱きしめてやりたい。

「問題ないでしょう。帰りは地下通路から王宮にも戻れるでしょうから……フィズ、伝えてくれるかい？」

カルツォーネが声をかけたのは、黒髪の女性だ。

「承知しました。ご連絡いたします」

そう告げてフィズと呼ばれた女性は、姿を消した。

「相変わらず、クィーグは能力が高いね。学園の守護だけではもったいない。仕える者がいないのはやはり良くないね」

「最近はティアが便利に使っているようですよ？　こうして王族の護衛まで引き受けてくれるようになりました。大変助かっています」

王はエルヴァストの言葉を、後で確認しなければと心に留め置く。

一行はカルツォーネとクロノスを加えて学園街へ向かうことになった。

途中で馬車を乗り換え、王家の空の馬車と、ドーバン侯爵やビアン達護衛には先に王宮に帰ってもらった。王達が帰還したように装ってもらうためだ。

「本当に、地下から王宮へ行けるのか？」

王がエルヴァストへ尋《たず》ねると、エルヴァストは困ったような表情を見せる。

「私も確認していませんが、カル姐《ねえ》さんが言うのなら本当なのでしょう」

そうして着いた先は、ヒュースリー伯爵家の別邸。出迎えたのは、元魔術師長であるウルスヴァンとエイミールに似た雰囲気を持つ美しいメイドだった。

「お久し振りでございます。ご案内いたします」

「元気そうだな」

「毎日、楽しませていただいております」

ウルスヴァンの元気そうな姿に、王達はほっとしながら屋敷の中に入る。案内されたのは地下。そこには馬車が用意されていた。驚きながらもウルスヴァンを先頭に乗り込む。四人乗りかと思ったが、中はとても広く、六人乗っても余裕がある。クロノスが御者《ぎょしゃ》を務め、メイドに見送られながら出発すると、数分で広い場所に出た。

「降りましょう。ここは、妖精王の謁見《えっけん》の間です」

確かに謁見《えっけん》の間というのに相応《ふさわ》しい。ただし、壁際にはキラキラと光る財宝が山を作っている。

周りを見回していると、大きな扉の方から楽しげな子ども達の声が聞こえてきた。そして、扉が開けられると、そこから幼い双子が転がるように駆けてくる。

「エル兄さま！」

「エイミール！」

エルヴァストとエイミールは、飛びついてきた二人の子ども達を抱きしめ、視線を合わせるように屈《かが》み込む。

「元気にしていたか？」

「お二人とも、お声が……」

王宮の地下にいる時は、念話《ねんわ》で会話していた双子は、可愛らしい声を出せるようになっていた。

「あっ、二人とも。お父様とお母様に挨拶《あいさつ》しないとダメでしょう?」

後からのんびりと扉から入ってきたティアが苦笑しながら注意する。

「お父さま?」

「お母さま?」

二人が王と王妃を見上げる。そして、少し恥ずかしそうにしながら近付いていく。

「お父さま、イルーシュともうします。お会いできてうれしゅうございます」

「お母さま、カイラントです。お会いできたこと、うれしくおもいます」

それぞれ丁寧に挨拶《あいさつ》する。王と王妃は目の前の子ども達を抱きしめた。

「イルーシュっ。寂しい思いをさせてすまなかった」

「カイラントっ。ずっと会いたかったわっ。会いに行けず、ごめんなさい」

涙の再会となった。

この後、双子はカルツォーネから魔力の急激な増加を感知し調整するという魔導具を受け取り、妖精王にも礼を告げた。

妖精王とその側近は王を見て『これは絆《ほだ》されるわ』と言って、ティアへ視線を送った。恐らく、似ているというティアの知り合いのことを言っているのだろうと王は見当をつける。

帰りは、馬車で地下を進み、二時間ほどで離宮の地下にある双子が育った部屋に着いた。

「開け閉めは二人にしかできないようにしておくね。じゃあ、またね～」

そんな呑気《のんき》な言葉と共に、入り口は何の変哲もない壁になって閉じた。

「……エル……ティアは本当にすごいな……」

「すごいの一言で済ませてしまう父上は、まだティアの一部しか知らないのです。アレはとても言葉では言い表せません」

「なるほど……」

これほどの驚愕の連続には、もう遭わないようにと願う。とはいえ、こうして子ども達が手元に戻ったのだ。王は静かにティアと女神に感謝を捧げる。

ちなみに、カルツォーネが女性だと知ったことが一番の衝撃だったとは、誰も口にできなかった。

原作 雪兎ざっく 漫画 鳴海マイカ
Zakku Yukito
Maika Narumi
RC Regina COMICS
Eランクの薬師 1
待望のコミカライズ!
薬師のキャルは、冒険者の中でも最弱のEランク。役立たずと言われながらも、仲間のために薬を作り続けていたのだけれど……ある日、ついにパーティを追放されてしまった! 故郷に帰るお金もなく、見知らぬ町で途方に暮れていると、ひょんなことから死にかけの魔法剣士·カイドに出会う。さっそく彼に治療を施し、自作の回復薬を渡したら、なぜかその薬を大絶賛されて——!?
B6判/定価:本体680円+税/ISBN:978-4-434-26473-3
アルファポリス Webサイトにて 好評連載中!
勇者のパーティを追い出されたけど…
落ちこぼれ薬師 万能薬で大活躍!?
大好評発売中!
アルファポリス 漫画
検索

待望のコミカライズ!

故郷を滅ぼされて以来、魔女一族の生き残りとして、ひっそり隠れて暮らしていたエレニー。彼女はある日、魔女の討伐を命じられたという騎士・ヴァルフェンに剣を突きつけられてしまう。だが、彼はエレニーに惚れたと言い出し、彼女を担ぎ上げて仲間の騎士達から逃げ出した！　訳がわからないながらも、家に戻ることもできず、エレニーは彼と逃亡生活を送ることになって――!?

＊B6判 ＊定価：本体680円＋税 ＊ISBN978-4-434-26561-7

アルファポリス 漫画 検索

RC
Regina COMICS
大好評
発売中!!
メイドから母になりました
1〜5
原作 Seiya Yuzuki 夕月星夜
漫画 Asuka Tsukimoto 月本飛鳥
アルファポリスWebサイトにて
好評連載中!
メイドから母になりました 5
夕月星夜 月本飛鳥
転生して凄腕メイドになった元女子高生、
眠り姫を助けに、
一家で精霊の森へ!
シリーズ累計14万部突破!
子育てファンタジー
待望のコミカライズ!
異世界に転生した、元女子高生のリリー。
ときどき前世を思い出したりもするけれど、
今はあちこちの家に派遣される
メイドとして活躍している。
そんなある日、王宮魔法使いのレオナールから
突然の依頼が舞い込んだ。
なんでも、彼の義娘《むすめ》・ジルの
「母親役」になってほしいという内容で――?
アルファポリス 漫画
検索
B6判・各定価:本体680円+税

RC Regina COMICS
自称
悪役令嬢な婚約者の観察記録。
1~2
大好評発売中!!!!!
原作 = しき
漫画 = 蓮見ナツメ
Presented by Shiki & Natsume Hasumi
アルファポリスWebサイトにて
好評連載中!!
＼異色のラブ(?)ファンタジー／
待望のコミカライズ!
優秀すぎて人生イージーモードな王太子セシル。そんなある日、侯爵令嬢バーティアと婚約したところ、突然、おかしなことを言われてしまう。
「セシル殿下! 私は悪役令嬢ですの!!」
……バーティア曰《いわ》く、彼女には前世の記憶があり、ここは『乙女ゲーム』の世界で、彼女はセシルとヒロインの仲を引き裂く『悪役令嬢』なのだという。立派な悪役になって婚約破棄されることを目標に突っ走るバーティアは、退屈なセシルの日々に次々と騒動を巻き起こし始めて――?
恋のキューピッドは悪役令嬢の私にお任せください!
アルファポリス 漫画 検索
B6判 / 各定価:本体680円+税

RC Regina COMICS
大好評発売中！
訳あり
悪役令嬢は
婚約破棄後の人生を
自由に生きる
1〜2
Mitsubi Uduki
原作◆卯月みつび
Ichino Tomizuki
漫画◆冨月一乃
アルファポリスWebサイトにて
好評連載中！
ものぐさ令嬢の奮闘ファンタジー
待望のコミカライズ！
とある理由から、王子との婚約解消を目指していた公爵令嬢レティシア。努力が実を結び、見事（?）婚約破棄を言い渡され一件落着……と思いきや、その直後、彼女に前世の記憶が蘇った！　看護師として忙しく働いていた前世の分も、今世では大好きなお酒を飲んでのんびり過ごしたい。そんな思いから田舎暮らしを始めようとしたけれど、なぜか次から次へとトラブルが舞い込んできて——!?
悪役の私ですが、国を救ってみせましょう。
アルファポリス 漫画
検索
B6判／各定価：本体680円＋税

RC Regina COMICS
原作 榎木ユウ Yu Enoki
漫画 上原誠 Makoto Uehara
大好評発売中！
訳あり魔導士は静かに暮らしたい 1
アルファポリスWebサイトにて
好評連載中!
待望のコミカライズ！
男にしか魔法が使えない世界でなぜか女なのに魔法を使えるエーコ。それは異常だからと隠してきたのに、ある日、周囲にバレそうになってしまう!　すると事情を知る従弟から、彼の代わりに魔法省で魔導士として働くことを提案される。男としてなら少しは平穏に暮らせるかも……そう考えたエーコは、性別を偽って魔導士になることを決意。だけど魔法省は超個性的な仲間とトラブルだらけの職場で!?
訳あり魔導士は静かに暮らしたい 1
男にしか魔法が使えない世界で
私に魔力があることは絶対に秘密
アルファポリス 漫画　検索
B6判／定価：本体680円＋税
ISBN:978-4-434-26198-5

本書は、2018 年 2 月当社より単行本として刊行されたものに書き下ろしを加えて
文庫化したものです。

この作品に対する皆様のご意見・ご感想をお待ちしております。

おハガキ・お手紙は以下の宛先にお送りください。

【宛先】

〒150-6005 東京都渋谷区恵比寿 4-20-3 恵比寿ｶﾞｰﾃﾞﾝﾌﾟﾚｲｽﾀﾜｰ 5F
（株）アルファポリス　書籍感想係

メールフォームでのご意見・ご感想は右のＱＲコードから、
あるいは以下のワードで検索をかけてください。

アルファポリス　書籍の感想　検索

ご感想はこちらから

レジーナ文庫

女神《めがみ》なんてお断《ことわ》りですっ。7

紫南《しなん》

2020 年 1 月 20 日初版発行

文庫編集－斧木悠子・宮田可南子
編集長－太田鉄平
発行者－梶本雄介
発行所－株式会社アルファポリス
〒150-6005 東京都渋谷区恵比寿4-20-3 恵比寿ｶﾞｰﾃﾞﾝﾌﾟﾚｲｽﾀﾜｰ5階
TEL 03-6277-1601（営業）　03-6277-1602（編集）
URL https://www.alphapolis.co.jp/
発売元－株式会社星雲社
〒112-0005 東京都文京区水道1-3-30
TEL 03-3868-3275
装丁・本文イラスト－ocha
装丁デザイン－ansyyqdesign
印刷－株式会社暁印刷

価格はカバーに表示されてあります。

落丁乱丁の場合はアルファポリスまでご連絡ください。

送料は小社負担でお取り替えします。


ISBN978-4-434-26727-7 C0193